THE LORD OF IMMORTALS BLOOMING IN THE ABYSS
F.E.2099
魔王2099
1.電子荒廃都市《サイバーパンクシティ》・新宿
紫大悟 ILLUSTRATION クレタ

煌灼侯
マキナ
炎に関する魔法を得意とする、六魔侯のひとり。ベルトールに対して忠誠を誓っており、ベルトールからも絶大な信頼を置かれている。魔王再臨の究極儀式を遂行した張本人
「べ、ベルトール様？」
魔王×サイバーパンク
CYBERPUNK CITY

「愚鈍な定命共に、魂で理解できるように
教えてやるとするか……
王の凱旋を、な」
魔王
ベルトール
かつて不死の王国に君臨していた、伝説の魔王。勇者に討伐されて滅びを迎えた後、500年の時を経て、統合暦2099年——“サイバーパンクシティ”新宿市に再臨を遂げる。

「ベルちゃんの素材は
磨けば光るなんてもんじゃないわ、
あたしにその才能預けてみてよ。
三ヶ月あれば結果が出ると思うから」

新たな時代の魔王
CYBERPUNK CITY
「こんばんモータル～、どうも一定命の者共、生の苦しみ味わってる？魔王ベルトール＝ベルベット・ベールシュバルト、即ち余である」
霊竄士《エーテルハッカー》
高橋
非合法な仕事を請け負う霊竄士〈エーテルハッカー〉。ハンドルネームは"バニーボーン"。巨大壁面ホログラム広告のハッキング、上空を飛び交うドローンの録画情報解析など、その腕前は本物

「不死を裏切り、侮辱したその罪は重い！」
魔王としての責務
CYBERPUNK CITY

「貴方はもう古いんですよ
ベルトール！
時代遅れの魔王に、
この私が引導を
渡してあげましょう！」
血術侯
マルキュス
血に関する魔法を得意とする、六魔侯のひとり。現在は超巨大企業・石丸魔導重工〈IHMI〉の社長を務めている。かつてはベルトールの配下として、魔導技術開発の任に就いていた

CAUTION

CONTENTS

THE LORD OF IMMORTALS BLOOMING IN THE ABYSS

DICTIONARY

FANTASION CYBERPUNK CITY SHINJUKU

現想融合《ファンタジオン》

それぞれ別の次元に存在していた、機械文明惑星・アースと魔法文明惑星・アルネスが融合した大災害。科学世界とファンタジー世界の融合によって、アースの科学技術とアルネスの魔導技術が結びついた結果、『魔導工学』という新たな概念のパラダイムシフトが発生し、既存の文明社会はいびつな形で急激な発展を遂げるに至った

電子荒廃都市《サイバーパンクシティ》新宿市

現想融合後に世界各地で成立した数ある都市国家の中でも、世界有数の規模を誇る巨大都市。中心部にエーテルリアクターを据えており、そこから供給される魔力&電力によって市の運営を成り立たせている。環状線路によって内と外が分けられており、内新宿には光に溢れた超高層ビル群や繁華街が、外新宿には荒廃した工場地帯やスラム街が広がっている

魔王2099

1. 電子荒廃都市《サイバーパンクシティ》・新宿

紫 大悟

ファンタジア文庫

3050

口絵・本文イラスト　クレタ

餓竜が、喰らう腐肉の生涯に思いを馳せる事がないように、
輝かしい文明発展の恩恵を享受する者達もまた、
その下に積み重ねられた憐れな屍に関心を抱く事はない。

マルキュス＝ドルクライト著『我が興隆』より抜粋

プロローグ　剣と魔法のファンタジー

大陸暦一五九九年、竜《ドラゴン》の月、十二日。

地下魔王城逆天守、玉座の間。

その一閃《いっせん》を以《もっ》て、アルネスに存在するとある一つの物語が終焉《しゅうえん》を迎える。

流麗であった。

勇者がその手に持つ白銀の剣から放たれた斬撃は、一条の光となって大気を切り、霊素《エーテル》を裂き、宿業《しゅくごう》を断ち——魔王を斬った。

ヒトと魔族の生存競争、定命《モータル》と不死《イモータル》の覇権をかけた戦争、勇者と魔王の最終決戦、後の世で『不死戦争』と呼ばれるその戦争は、ここに勇者を旗頭とする定命の軍勢の勝利で決着が付いたのである。

戦場と化した魔王城の玉座の間は、一瞬の轟音《ごうおん》の後に静寂に包まれた。

禍々《まがまが》しくも荘厳《そうごん》な玉座の間は、先の戦闘で柱は折れ、真紅の絨毯《じゅうたん》はぼろ布となり、玉座は粉々に砕け散っている。

相対するは二つの影。

此方《こなた》、青の外套《がいとう》の下に白銀の軽装鎧《よろい》を纏《まと》い、眩《まばゆ》い輝きを放つ銀の聖剣《イクサソルデ》をその手に携え、剣の輝きよりも更に煌《きら》めく意志の光をその瞳に宿した、金髪碧眼《へきがん》の人間の青年。

彼方《かなた》、捩《ねじ》くれた二本の角を戴《いただ》く竜の頭蓋を頭部とし、闇が滲《にじ》んだかのような漆黒の片刃剣、魔剣《ベルナル》を持ち、同色の外套に身を包んだ巨大な異形。

天を穿《うが》つような二本の角は今や片方が半ばから折れ、竜の頭蓋も大きな切創と何条もの罅《ひび》が走っている。

異形がその顎を開き、霊素《エーテル》を震わせた。

「見事だ、勇者よ」

儼乎《げんこ》たる声音で、臓腑《ぞうふ》に響くような低い声が玉座の間に響き渡る。

魔王はその手に持つ魔剣を取り落とし、剣は黒い霞《かすみ》となって散っていく。

勇者によって体を両断され、致命の一撃を受けた魔王は、その巨大な異形の身体《からだ》の末端から枯れ葉のように崩れていき、闇色の外套の中から長い黒髪の男が姿を現し、投げ出されるように地に膝をつく。

それは、異形と化していた魔王の本来の姿であった。

「よくぞ……よくぞ定命の身で余を討ち倒した……その強さ、そして何よりもその勇気を余は称《たた》えよう」

魔王は己を打ち倒した勇者に、心からの惜しみない賞賛の言葉を投げかける。

「そう、か」

勇者は目を閉じ、魔王の言葉を噛《か》み締めるように聞き入っていた。

「君も強かった……本当に……」

「……」

魔王も、勇者の言葉に沈黙で返す。

互いに憎むべき仇敵《きゅうてき》であり、最大の宿敵であり、唾棄すべき怨敵であり、自らの正義に対する滅ぼすべき悪である。

しかし戦いの果て、両者の心の中はとても晴れやかであった。戦いを通じて、怒りや憎しみといった感情の外の境地へと達していた。

「何故《なぜ》負けた」

魔王は勇者に問い掛ける。

「余は、何故負けた……何故、貴様は勝てたのだ……」

魔王は不死の魔族だ。

仮令《たとえ》手足がもがれようとも再生し、心臓や頭が潰れようとも死ぬ事はない。生命の理《ことわり》から逸脱したモノ——不死《イモータル》。

魂が存在する限り生き続ける死を超克した存在。

だが彼は今、終焉の時を迎えようとしている。

幾度も聖剣から受けたダメージは、魔王の魂を枯渇《こかつ》させた。肉体の死ではなく、魂の滅び。それこそが魔王の終焉であった。

身体はもうほとんど動かす事ができず、魂の残り火も後わずか。ただ塵《ちり》へと還り、滅びゆく運命である。

「軍略も、軍勢も、そして余も……何もかも全て、ちっぽけで儚《はかな》い定命より勝っていた……何一つ、劣っているものなどなかった……負けるはずなどなかった……だが余は、余達は負け、貴様が勝った。何故だ？　教えてくれ、勇者よ」

魔王の問い掛けに、勇者は答える。

「……命だ」

「命……？」

「僕達には命がある。君達にとってはちっぽけで儚くて、弱く短い命かもしれない。無限の命を持つ君達の方が優れているのかもしれない」

　だけど、と勇者は続ける。

「だからこそ、弱く儚い僕達は必死に生き足掻《あが》く、弱いからこそ強くあろうとする。だから、僕は……僕達はそこに命の輝きを見出《みいだ》したから、勝てたんだよ。きっと」

「……ふざけるな。そんなくだらないものに、余が負けたなどと……」

「別にふざけてなんていないよ」

「命の輝き……認められん、そんなものは……」

　勇者の言葉は悠久の時を生きてきた不死にとって、理解できないものであった。あるいはそれは、遥《はる》か昔に持ち合わせ、そして忘れてしまったものなのだろう。

「それでも僕達が勝った。これはヒトの光の勝利なんだと、僕はそう信じている」

「…………心せよ勇者よ。ヒトの光が在る所には闇もまた存在する。そして闇が在る限り余は何度でも光の前に現れよう、余は不死の王ではなく不滅の王なのだから」

「ならば、僕は何度でも闇に立ち向かうよ」

　そう迷いなく言葉にした勇者の瞳には、希望の光が満ちていた。

「さらばだ、我が最大の怨敵――勇者グラム」

「さらばだ、我が最悪の宿敵――魔王ベルトール」

勇者は聖剣を振り上げる。

そして、魔王ベルトールの頭を勇者グラムは斬り落とした。

魔王の眼《め》に僅かに宿っていた光が霧散し、その体も黒い砂のように散っていき、やがて虚空《こくう》へと溶けるように消えていく。

その様子を、勇者は己の目に焼き付けるように見つめていた。

「……帰ろう、皆の場所へ」

剣を杖《つえ》代わりにして疲れ切った体を起こし、勇者は希望に満ちた明日へと歩みだす。

――終幕。

なれど世界は続いていく。

魔王2099

THE LORD OF IMMORTALS
BLOOMING IN THE ABYSS
F.E.2099

紫大悟

ILLUSTRATION クレタ

DESIGN KAI SUGIYAMA

電子荒廃都市新宿

サイバーパンクシティ

1

第一章　電子荒廃都市《サイバーパンクシティ》・新宿

――そして五百年の時が流れた――


それは原初の産声《うぶごえ》、新たなる胎動。

復活の時、来たれり。

再誕は、水底から浮き上がる感覚に近い。

暗い水の底からゆっくりと浮き上がるように、意識が上昇していく。

――そうして彼は五百年の時を経て復活した。

ベルトール＝ベルベット・ベールシュバルト。

不死の王《イモータルキング》、闇の支配者《ダークロード》、不滅者《インビンシブル》、その他にも様々な異名で呼ばれる、定命にとっての恐怖の象徴にして絶対悪。

その中でも彼が最も多く呼ばれた名。

魔王。

五百年前、不死の王国を作り上げ、不死の軍団を纏《まと》め、世界を支配せんと命ある者達と戦いを繰り広げ、そして最後に勇者によって斃《たお》されたはずの存在。

その身は確かに朽ち果て、闇へと還った。

しかし、今長き時を経て復活を遂げたのである。

それを成し遂げたるは《転輪の法《メテノエル》》。

ベルトールが完成させた魔法であり、肉体の構成と記憶、そして魂を結びつけて情報へと変換し、それを未来へと飛ばし、その情報を元に霊素《エーテル》によって肉体をエミュレートし、再構築する転生の魔法。

霊素《エーテル》とはあらゆる事象を模倣できる万能の物質。そして魔法はその霊素《エーテル》を操りこの世界の理を捻《ね》じ曲げ、書き換える術法である。

理論的には魔法でできない事は存在しない。死者の蘇生《そせい》、時間の逆行、宇宙の創造……正しい術式とそれに見合う魔力さえあれば、どんな荒唐無稽も実現可能。

転生もその一つだ。

ベルトールがその理論を完成させつつも、成功例の存在しなかった机上の禁術。

ベルトールは魔族である。魔族は例外なく不死の存在だ。そして不死は死の概念を超越した存在である。

だが魂は摩耗する。肉体が不死ではあろうと、魂は不滅ではない。

魂が擦り切れ、燃え尽きればやがては滅ぶ。

そして、その滅びすら克服するのが《転輪の法《メテノエル》》。

肉体が朽ち、魂が滅びても、再び現世へと舞い戻る反魂の御業《みわざ》。

彼は昇華した。

ただの不死から、この魔法を完成させた事により霊的上位存在として魂の位を上げ、不滅の存在へと成ったのだ。

そして五百年の時を経て、再び世界を闇で覆い、今度こそ支配せんと今ここに再誕したのである。

（成功、したのか）

まるで深い眠りから目覚めた時の微睡《まどろ》みのような鈍い思考で、ベルトールは己の二度目の生を確認していた。

当然ながら、実際に《転輪の法《メテノエル》》を使うのは初めてであり、確かな理論と術式を完成させながらも運用試験等はできるはずもなく、これが初めての行使である。

ベルトールの姿は五百年前の勇者と戦っていた時の異形の姿ではなく、朽ち果てる際のヒトの姿をしていた。

濡《ぬ》れた烏《からす》の羽の如《ごと》き妖艶《ようえん》さを醸《かも》す漆黒の長い髪に、初雪のように美しい白い肌。女性の繊細な美しさと、男性の精悍《せいかん》さが見事に両立したような中性的な顔立ち。その眼窩《がんか》に収まるのは、闇色の瞳。

手足がすらりと伸びているのに加え、頭身が高い為《ため》に一見すると長身痩躯《そうく》に見えるが、その全身は鋼のような筋肉に覆われて引き締まっており、見事なプロポーションと言える。そしてその芸術的なまでに完成された肉体を、一糸まとわぬ姿で惜しげもなく外気に晒《さら》している。

魔王の見た目は人間と同じだ。オークのように牙が生えているわけでも、エルフのように耳が尖《とが》っているわけでも、オーガのように角が生えているわけでもない。

それもそのはず、ベルトールは元人間だ。

不死は神々や生命の理《ことわり》から外れた超常の存在であり、定命達は畏怖を込めて、ヒトの身で不死となり、ヒトの姿をしながらヒトならざる力を持つ彼らを魔族と呼んだ。故に、不死であるならば人間もエルフもオークも全て魔族なのである。

ベルトールは人間の年齢で言えば二十歳手前といった程の年頃に見える。だが彼は齢《よわい》三千歳を優に超えている最古の魔族の一人であった。

（ここは……）

彼は白い石で造られた祭壇の上に横たわっていた。

《転輪の法《メテノエル》》の影響なのか、ベルトールの視界はぼやけて状況を把握できていない。

一度大きく深呼吸をして冷たい空気と、そこに含まれる霊素《エーテル》を肺に満たす。

肺に満たされた霊素《エーテル》は血管を通じて心臓へ向かい、心臓で魔力へと変換される。

血管の一本一本、神経の一筋一筋、細胞の一つ一つに魔力を巡らせていく。

魔力は魔法を行使する為の燃料であると同時に、生命活動を行う為に欠かせない要素の一つである。

眼球の隅々まで魔力が満ち、ようやく視界が戻ってくる。

薄暗く、広大な場所に自身はいるのだという事は理解できた。

「ベルトール様……」

声が聞こえた。

彼のよく知る声だ。水鈴《レイチェ》を鳴らすような清らかで、透き通った声。

五百年の眠りにあっても、決して忘れる事はない、聞き違える事のない声だ。

「マキナか」

声の方を見れば、少女が一人跪《ひざまず》いていた。

雪のような、そう形容するのが相応《ふさわ》しい可憐《かれん》で儚《はかな》げな少女であった。

抜けるような白い肌に、長い白銀の髪、薄紅色の瞳。恭《うやうや》しく膝をつき、伏せられた顔《かんばせ》は、彼女の小柄な体軀《たいく》と相まって美しいというよりは可愛《かわい》らしいという表現の方が合っているものの、その全身から漂う妖艶な色香は少女の姿のそれから大きく逸脱しており、実に蠱惑《こわく》的な魅力を纏っている。

外見的には人間に非常に近いが、マキナは人間とは別のイグニアという種族である。

「はい、六魔侯が一柱、煌灼侯《こうしゃくこう》マキナ＝ソレージュ。この時を竜の鱗《うろこ》が落ちる程にお待ちしておりました」

六魔侯とは魔王ベルトールが任命した、強力な力を持つ六名の魔族の大貴族の事である。マキナはその中でも一際《ひときわ》ベルトールに重用された忠臣であった。

マキナが面を上げた。

年の頃はベルトールより少し下くらいだが、彼女もまた不死であり、魔族の一人だ。年齢は千を超えている。

「このような格好での拝謁の無礼、どうぞご容赦くださいませ」

彼女が今纏っているのは、象徴でもある華美な赤の礼装鎧《ドレスアーマー》ではなく、厚手の白いコートと同色の帽子だった。

その格好、そして今の状況は不自然である。

魔王の再誕である《転輪の法《メテノエル》》の成就《じょうじゅ》は、不死の王国にとっても大典。儀礼用の礼服を纏い、国民総出で盛大に出迎えるべき重要な儀式だ。

だというのに、薄暗く粗雑な空間に、マキナ一人だけというのはおかしな事である。

となれば、何かあったという事。

ベルトールはマキナの礼を欠いている格好を不問とした。ベルトールはマキナの忠誠心に絶対の信頼を置いていたし、その彼女がこのような格好をしているというのは、相応の理由があるのだろうと考えたからだ。

「よい、余の再誕によくぞ駆け、《転輪の法《メテノエル》》を成功させた。褒めて遣わす」

「ベルトール様の家臣として当然の事。私めには勿体無い《もったいな》お言葉にございます」

《転輪の法《メテノエル》》で魂を復活させるには、いくつかの条件がいる。然《しか》るべき場所、そして然るべき時間に発動させる術者が必要になる。

《転輪の法《メテノエル》》は単独の魔法ではなく、《転輪の法《メテノエル》》を自身に掛けて復活する術者と、復活させる魂を呼び出す術者が必要な儀式魔法なのだ。

ベルトールは身体《からだ》を起こす。

「それで、ここはどこだ。レーデルムの地下祭壇か？」

言いながら、白骸石《エスクリア》で造られた祭壇から降りながら腕を振るうと、儀式動作に反応してその裸体に霊素《エーテル》で編んだ黒い外套《がいとう》と同色の軽装鎧《よろい》が纏《まと》わった。

「いえベルトール様、ここは旧新宿駅ネルドア地下大聖堂迷宮です」

「シンジュク……？」

聞き覚えのない言葉に首を傾《かし》げた。

ネルドア地下大聖堂はベルトールも知っている。彼の住む世界、アルネスの東の果ての島に作らせた魔王崇拝の為、そして魔王再誕の為の祭壇のある聖堂だ。

だがシンジュクという言葉は聞き覚えがなかった。

「まぁいい」

瑣末《さまつ》事だとベルトールは聞き流した。

五百年も経《た》っているのだ、地名など当然変わるものである。

ベルトールの目的の為には、そんな事に拘泥《こうでい》している場合ではなかった。

「さぁマキナ——魔王は今復活を遂げた。再び余と共に世界《アルネス》を支配しようぞ！」

世界の支配。

それこそがベルトールの成就すべき大願であり、不死達にとっての悲願であった。

「あの……」

ベルトールの言葉に、マキナは恐る恐るといった風に口を開いた。

「御言葉ですが、ベルトール様」

「なんだ？」

マキナは明らかに言い淀《よど》んでいた。

一瞬の逡巡《しゅんじゅん》の後、覚悟を決めた目で、ベルトールを見つめてこう言った。

「——我々の支配すべき世界はもう……滅びてしまいました」

◆

「今から約八十年前の話です」

マキナは迷宮の通路を歩きながら、言葉を紡《つむ》ぎ出す。

「我々の住んでいた世界——魔法文明惑星『アルネス』と、別次元に存在した異世界、機械文明惑星『アース』は未曾有の大災害に巻き込まれたのです」

アース、西暦２０２３年、一月。

アルネス、大陸暦二〇二三年、巨牙獣《ベヒモス》の月。

奇《く》しくも広く普及した暦が一致した二つの惑星が存在する世界そのもの——次元、あるいは宇宙と言い換えてもいい——が融合したのだ。

そうマキナは語る。

「融合……だと？」

「はい。この災害は、アースの学者によって〝現想融合《ファンタジオン》〟と名付けられました」

「現想融合《ファンタジオン》……」

現想融合《ファンタジオン》は当然ながら様々な問題を引き起こした。

世界、そして惑星そのものが融合してしまった為に、大規模な地殻変動、天体変動、気候変動を引き起こし、最初の三年でアースとアルネスの合計人口は十分の一にまで減った。

そしてその後に起こったのは種族間の対立だ。

片やアースは単一の種族、人間《アーソイド》が支配していた単一種族世界、片やアルネスは人間《アルネソイド》以外にもエルフ、オーク、獣人《セリアン》、オーガ、ゴブリン、ドワーフ等の多数の種族が領土を分割して生活していた多種族世界。

アース側も人種や宗教、政治で争いになるのだし、アルネス側にも当然それらの争いは存在し、加え種族間での諍《いさか》いも存在していた。

「言葉や文化のみならず、見た目も大きく違う、別の世界の住人達……更に、それぞれの視点からすれば元々自分達が住んでいた土地に急に現れたように見えましたから……」

「争いが起きないはずがない、か」

「はい……」

マキナは頷《うなず》く。

既存インフラの完全なる崩壊、食糧難、疫病の蔓延《まんえん》、居住権や領土権の問題、技術格差、そして種族間の偏見と対立がやがて大きなうねりとなって殺し合いへと発展するのに、そう長い時間を必要としなかった。

現想融合《ファンタジオン》の騒乱の中、様々な種族、領土が混線したために従来の領土はその意味を消失し、国家というコミュニティは完全に機能を停止した。より小さなコミュニティである都市が独自に国としての役割を持つ事になるのは、自然な流れだと言えよう。

その都市間でも争いが起こり、二度に渡って行われた計四十年近くにも及ぶ『都市戦争』という大きな戦争を経たのが現在だ。

「第二次都市戦争が全面終結して二十年余、ようやく戦争の傷跡も癒えてきた……そんな時代が現在の状況でございます。そしてここはアルネスでいうところの東の果て、ミルド列島の旧ネルドア地下大聖堂と、旧東京都新宿区に当たる場所です」

迷宮の中を先導しつつマキナはそう説明する。

マキナの説明を、ベルトールは完全には理解できていないでいた。

より正確には実感が湧かないといった所か。あまりにも突拍子のない話であり、現実感のないお伽噺《とぎばなし》を聴かされているようであった。

だからベルトールの視界には、錆《さ》びついて朽ち果てた改札口や、券売機の様子までは入っていなかった。

「ベルトール様の知る既存の世界は滅び、今は新しい世界が築かれています」

旧新宿駅ネルドア地下大聖堂迷宮は、新宿駅構内と、異界化された迷宮であるネルドア地下大聖堂が融合した結果、駅の存在そのものが歪《ゆが》み、迷宮化したものである。

動きの止まったエスカレーターは、長さにして五十メートル以上に伸びている。

長いエスカレーターを登りきった先、迷宮の出口にたどり着いた。

「――統合暦２０９９年」

目の前には、一枚の鉄扉《てっぴ》が重く口を閉ざしている。

「これが、新しい世界の姿です」

重い鉄扉が開かれると、光が差し込み、ベルトールは目を細めた。

世界が、見えた。

ベルトールの目に飛び込んできた外の景色は、彼の想像を大きく超えるものであった。

圧倒的なまでの光だ。

霊素反応灯《エーテルネオン》が放つ、目が痛くなる程の極彩色の光。

ビルの窓から漏れる光。

ビル壁面の巨大なホログラム・ディスプレイの動画広告が発する光。

建物の軒先に吊《つ》るされた赤い提灯《ちょうちん》の光。

地を這《は》うように道を行く地走車《グラウンドビークル》のテールランプの光。

空を飛び交うドローンや空走車《フライトビークル》のナビゲーションライトの光。

光、光、光、光………。

夜だというのに、まるで星を地上に落とし、この世の闇を全て打ち払うかのような眩《まばゆ》い光の情報量に、ベルトールは圧倒されていた。

不死の王都や、帝都アストリカの城下の光などとは比べ物にならない程の莫大《ばくだい》な光量。

それらは眠らない夜の街の光だ。

寒々しく重々しい色の空は遠く、夜の闇を分厚く真っ黒な雲で蓋をしており、そこかしこに設置されたスピーカーから警報が出ない程度に汚染された雪がちらちらと極彩色の光を浴びて舞い降りている。

「な……」

ベルトールは目を見開き、呆《ほう》けたように口を開いて周囲を見回す事しかできない。

街の中心部には高さ二百四十三メートルの巨大な柱、――地中に存在する霊脈《エーテライン》から霊素《エーテル》を汲《く》み上げて魔力と電力に変換し、街に供給する――エーテルリアクターが聳《そび》え立っており、その内部魔力を用いて広範囲に耐寒領域結界を形成している。

だが、それでも外気は昼間でも場所によっては氷点下に割り込むし、結界の領域外に出ればすぐさまヒトが住むにはあまりにも厳しい極寒の世界が待つ。

そしてそのエーテルリアクターを囲むように真新しい新エルヴン調建築の細長い白亜のビルがところどころに顔を覗《のぞ》かせ、それに対比するように安全性を微塵《みじん》も考慮していない安っぽく背の低い鉄筋コンクリートの建築物や、鉄骨で粗雑に足場を組まれて縦方向に増設を繰り返したトーフ・ハウスの群れが墓標のように立ち並ぶ。

樹木のように電柱が林立し、まるで蜘蛛《くも》の巣のように幾条もの送電ケーブルが張り巡らされ、人間、エルフ、ゴブリン等の様々な種族の人々が犇《ひし》めき合うようにして通りを歩き、共通語《エルフご》、日本語、英語、中国語、ドワーフ語、オーク語といった言語と監視ドローンが周囲を飛び交う。

「なっ……」

あちこちにある粗雑なビルの壁面からは飛び交う言語と同じように様々な文字で書かれた霊素反応灯《エーテルネオン》の看板の群れが飛び出しており。そして血管のように張り巡らされたパイプや排水溝からはスチームが吹き出す。

地面には代用紙のチラシや合成煙草《たばこ》の吸殻、密造酒の酒瓶や缶といったゴミがあちこちに散らばっており、『止《や》めよう！　路上生活！　凍死の危険性があります！』と共通語《エルフご》で書かれた啓蒙《けいもう》ポスターの下では、汚い布に包《くる》まったルンペンが生きているのか死んでいるのかもわからず転がっている。

そこには、ベルトールの知るどの国の文化も景観もなかった。

「なんなのだ、これはぁぁぁあぁぁぁあああぁぁあッッッッ⁉」

異様な世界を見て、魔王は思わず空に向かって驚愕《きょうがく》に叫んでいた。

ここは電子荒廃都市《サイバーパンクシティ》・新宿市。

総人口三百万人以上を擁する、世界有数の大都市。

その中央部から南に走る大通り、新宿市一の繁華街、歌舞伎町《かぶきちょう》ストリートに魔王は立っている。

たかだか五百年で、文明は進みすぎていた。

多くのヒトや地走車《グラウンドビークル》が道を行き交い、宙空には空走車《フライトビークル》や監視ドローンと、その倍以上の数の配送用ドローンが飛び交っている。

まるで現実感のないその光景に、魔王はただただ圧倒されるだけだった。

「東方の島ですら、今はこんなに栄えているのか……」

ベルトールの知る日本列島——すなわちミルド列島は、流刑《るけい》地としての役割しかない未開の島であったはずである。

罪人達が洞穴に住み、原始的な生活を送っていたのがベルトールの最後の記憶だ。

「アース側のこの列島を治めていた国が発展していたというのが一番の要因です。アース側の高い科学技術と、我々の魔法——アルネスの魔導技術という異なる概念同士が結びついた結果、パラダイムシフトが起こり、急激な発展を遂げたのです」

「だがこれ程までに定命達の文明が発展し、神々は何も手を加えないというのか……？」

「神は死にました」

異なる世界同士の融合という大災害を受けたのは何もヒトだけではない。

異世界の住人という異物の混入、異なる宗教の流入、価値観の変化、終末思想の流布《るふ》、道徳心や倫理観の変革、それらによる神秘の陳腐化と信仰の薄弱化。

神の存在は失墜したのである。

「現想融合《ファンタジオン》の際に既存の文明は大きく後退しましたから、ある意味それが神々の最後の怒りとも取れるという学者もいます」

「そうか……本当に世界は滅んだのだな……」

その言葉にはどこか哀愁が漂っていた。

かつてのアルネスでのベルトールの戦いは、定命の者達との戦いだけではない。神々が創り出した運命との戦いでもあった。そして彼の与《あずか》り知らぬところで、一つの戦いが終わっていたのである。

視線を落とす。

通りを歩く人々の姿も、ベルトールから見て異様なものであった。

「この辺りの連中の腕や脚……生身のものではないのが多いな」

通行人には、鋼や黒い謎の素材で作られた腕や脚を付けている者が多く見受けられた。

「彼らは義肢を付けていますから」

「義肢……？　あれがか？　随分と真に迫っているな」

義肢というのはベルトールの時代にも存在していた。

とはいっても作りは単純かつ粗末なもので、木や骨等を加工して手足の形を模した物が大半であった。

「魔導義肢です。金属製フレーム……骨に合成ミスリル繊維を束ねた人工筋肉で作られていて、霊素《エーテル》で構成された疑似神経を元の腕や足に接続する事で動かしています」

「これだけ多いのは戦争のせいか？」

「戦争の影響も多分にありますが、この辺は肉体労働者が多いですから恐らくはその関係です」

「事故が多いという事か？」

「それもありますが、凍傷の影響も大きいですね、結界の外で作業する労働者も多いですし、外は本当に寒いので……」

確かにこの街の寒さはベルトールにとっても少々堪えた。

耐寒領域結界にいても、防寒の用意がなければ手足の先や耳や鼻が痛くなる程の寒さだ。常人がこんな環境に何時間もいれば、凍傷になるのは当然であった。

「ちなみにああいった魔導義肢を付けている者達をマギノボーグと呼ぶのですが、それも最近では差別的だといった声も上がっています」

「ふむ……ではあやつらは？」

バケツのような金属の筒や、兜《かぶと》のようなものを被《かぶ》っている者もちらほらと見受けられる。その体は鎧《よろい》のような金属で覆われており、その上から衣服を纏《まと》っている。

「彼らは全機身《フルボーグ》と言って、身体機能を機械で補っている者達です。魔導義肢の全身版、と言えばわかりやすいでしょうか」

「……いや待て待て待て、身体機能を機械で補うだと？　その、内臓もか？」

「はい、脳と脊髄以外を機械に置き換えた者も少なくありません」

ベルトールがいた時代にも、機械という概念は存在していた。だがそれは今よりももっと簡素で原始的なものだ。四肢だけならば理解も及ぼうが、内臓までも機械に置き換えるなどというのは想像もできなかった。

「後はヒトを模した機械人形等も存在します。最近のは出来がいいですからほとんど見分けが付かないくらいです」

義肢や全機身《フルボーグ》の他にも、人々はうなじの辺りに金属片のようなものを貼り付けているのが見えた。同じ物はマキナのうなじにも付いているのだが、フードと長い髪の毛で隠れてベルトールからは見えなかった。

彼らのうなじに付いているのも義肢の一部なのだろう。そう考えながら人の往来の中で立ち尽くしていると、ベルトールは向かって来る人影に気付くのが遅れた。

「あ、ベルトール様、あたっ」

「チッ！　ぼーっと突っ立ってんじゃねえぞ！」

通りを歩いていた大柄な義手のオーガが、ベルトールを庇《かば》ったマキナとぶつかって舌打ちをする。

「すまない、考え事をしていた。大丈夫か？」

「あっ、はい。大丈夫です。申し訳ありません……」

「全く、でかい図体《ずうたい》のくせに六魔侯の誰にぶつかったのかすらわからぬようだな」

ベルトールは夜空を覆う分厚い雲を見上げる。

「……」

そして、にやりと笑った。

「どうかなさいました？」

「愚鈍な定命共に、魂で理解できるように教えてやるとするか……王の凱旋《がいせん》を、な」

「べ、ベルトール様？」

こういう笑い方をするベルトールは、突拍子のない真似《まね》をするのだとマキナはよく知っていた。

「――はぁっ！」

ベルトールの体内の魔力が起動し、術式を構築して巨大で緻密な紋様が描かれた円形の魔法陣が展開される。

「《全天傅け《エル・ストナ》》」

言葉と同時に陣から光の柱が伸び、分厚い雲を貫き、ぽっかりと穴を開けた。

穴から夜空が覗き、実に一年と三ヶ月ぶりに新宿市に月と星の光が射《さ》し込む。

ベルトールが行ったのは、霊素《エーテル》操作事象改変法。即《すなわ》ち『魔法』である。

体内の魔力の『起動』、呪文による術式の『構築』、構築した術式を魔法陣として外部に『展開』、展開した術式の呪文を読み上げる『詠唱』、発動する為《ため》の魔法の名前、即ち魔名の『宣言』。

以上の五工程を経る事で発動できるのが魔法だ。

古エルド語で宣言されたそれは、古《いにしえ》より為政者が己の王威を示す為に用いた大魔法。

その大魔法を扱うのに、ベルトールは五工程の一つ、『詠唱』を必要としなかった。

魔法発動までの工程、それは魔王でさえも無視する事はできない理《ことわり》だ。

だが魔王の持つ膨大な魔力と、天性の魔法センス、超高速の魔法演算処理能力は、魔法発動の工程の中で最も時間を必要とする『詠唱』を『宣言』の中に圧縮して組み込む事で、疑似的に省略する事を可能とした。

それこそが魔王を魔王たらしめる禁断の秘奥《ひおう》、《無詠唱法》である。

「……ん？」

ベルトールは空を見上げ、現れた光射す月を見て不満げに目を細めた。

「いくらなんでも力衰えすぎであろう、余」

本来ならばこの周囲一帯の雲を完全に消し飛ばす程の天候操作を行える大魔法である。

しかし、今のベルトールではせいぜい厚い雲に穴を開ける程度に留《とど》まっていた。

「あれは……」

ベルトールは、雲に開いた穴から覗《のぞ》く空、月の横に赤黒く輝く星を見た。

それは、古よりアルネスで凶兆を示す星である。

「どうやら、この世界には歓迎されていないようだな」

星は妖しく、不吉な輝きを静かに放っている。

「な、なんだ……!?」

「急に空が……」

「今時、天候操作魔法て、アホな事する奴もいるんだな」

そこで、だ。


けたたましいサイレンが周囲に響いた。


一定以上の魔力を検知するセンサーに、ベルトールの魔法が引っかかったのだ。

周囲のざわめきもどんどんと広がっていく。

「なんだ？　喧《やかま》しいな、王の凱旋だというのに。余に対する礼儀がなっていないのではないか？」

「あわわわ。市内での大魔法の使用は禁止されているんです！」

マキナが両手を振って狼狽《ろうばい》している。

「都市警察《シティカード》が来てしまいます！　ここを離れましょう！」

マキナはベルトールの腕を取り、その場から無理やり引き剝がした。

「おいおいマキナ、何故《なぜ》余が逃げるような真似をしなければならないのだ」

「何卒《なにとぞ》、何卒！」

ベルトールは己の胸中のざわつきを振り払いながら、マキナに引かれ、人の波を縫うように大通りを進んでいく。

その途中である。

人の波の中、ありえないモノを見た。

フードを目深《まぶか》に被った男が反対方向から歩いて来る。

一瞬、風に煽《あお》られてフードの中の顔が覗いた。

「っ⁉」

すれ違う。

ベルトールは思わず立ち止まり振り返る。

だがその姿は人の波の中に消え、最早《もはや》見つける事は叶《かな》わない。

「如何《いかが》なさいましたか？」

立ち止まったベルトールを怪訝《けげん》に思ったマキナが問い掛ける。

「いや、なんでもない」

言って、ベルトールは頭を振った。

五百年後のこの世界に、あの男がいるはずもないのだ。

そう半ば自分に言い聞かせるように再び歩き出し、後ろ髪を引かれる思いを切り替えるようにベルトールは手を開閉し、己の力の具合を確かめる。

「ふーむ……やはり出力にせよ、容量にせよ、魔力自体が五百年前と比べると大幅に減衰しているな。それに加えて身体《からだ》がどうにも本調子とは程遠い。鎧を纏わずに戦場にいるかのような心許《こころもと》なさがある。我が事ながら、情けない話だ」

「今現在、ベルトール様の信仰力は大きく低下していますから……」

「ああ、それは感じている。今は只人《ただびと》程度の肉体強度しかない。不死の力もかなり衰えているな。余の存在自体が現代ではほとんど知られていないようだ」

――信仰力。

それは神々を始めとする霊的上位存在が、物質世界に干渉する為に必要な力である。

信仰、即ち対象を想《おも》う力――感情と言い換えてもいい――が強ければ強い程にそれが霊的上位存在に与える影響も大きくなるのだ。

それらを『正の信仰力』とする一方で、『負の信仰力』というものも存在する。

怒りや悲しみ、恐怖といった負の感情が該当し、霊的下位存在である悪魔の力となる。

方向性こそ違うものの、両者の根底にあるのは第三者が観測し、感情を向けるというものであり、まとめて信仰力と呼ばれ、定義付けられていた。

ヒトの身で肉体を維持したまま、その魂の位階を引き上げたベルトールは、言うなれば神と悪魔の狭間《はざま》の存在であり、信仰力の正《プラス》と負《マイナス》、両方の影響を受けるのである。

五百年前、魔王として君臨し、不死やその同胞からは崇拝されて正の信仰力を得て、世界中に恐怖と共にその名を轟《とどろ》かせた事で定命からは負の信仰力を得たベルトールは、神々すら追随を許さない程の強大な力を得ていたのだ。

「エルフでさえもその寿命は三百年程度。当時赤子であったエルフも死に、今やベルトール様は記録として語られるのみ。神々すらもその存在が忘れ去られようとしています」

信仰力の対義が忘却、或《ある》いは無関心だ。

信仰力とは、どれだけの数がその存在を認識して感情を向けているかで多寡が決まる。第三者の認識や観測が存在しなくなると、その力は著しく低下してしまうのである。

それこそがベルトールが五百年前よりも弱体化している原因。時代の流れの中で、魔王ベルトールは他の神々と同じように、この世界の多くの人々から忘れられつつあるのだ。

「致し方あるまい。我々の生は無限にある、少しずつでも信仰力を取り戻していけばよかろう。して、マキナ、他の六魔侯や貴族はどうした？　魔王軍は？」

言いながらベルトールが通りの脇、細い路地の入り口に視線を向けると、火を焚《た》いたドラム缶を囲んでオーガとオーク、獣人《セリアン》が殴り合いの喧嘩《けんか》をしている所が目に入った。

「見た所、血の同盟者達も平和的に共存しているように見受けられるが。盟約はどうなったのだ？」

血の同盟者というのは、魔王軍と盟約を結んだオーク、オーガ、獣人《セリアン》の三種族を指す。世界を支配した際に、その三種族は優遇し、共に繁栄していくという盟約の下の同盟だ。

尤《もっと》も、この同盟は四陣営の利害が一致した、一時的な協力関係である。不死側も三種族側も、互いの寝首をかこうと画策していたという背景があった。

不死は絶対的に数で定命に劣る。その数を補うための戦力が、血の同盟者なのである。

「血の同盟者は我が軍の敗北後、同盟を破棄。そして大陸暦一六一六年の『三刃革命《さんじん》』で三種族の盟主が討たれ、残った者達は定命の者に恭順しました」

「ふむ」

「その後の彼らの処遇は悲惨なもので、奴隷として過酷な労働に従事させられたと聞きます。今も潜在的にではありますが、そういった差別の残滓《ざんし》は根強く残っています」

「まぁ、そうなるだろうな」

血の同盟者であるオーク、オーガ、獣人《セリアン》は、三種に共通した特徴として、魔法に対する適性が低いというのが挙げられる。その原因は魔力保有量であったり、教育水準の低さからくる魔法技術の未成熟さであったりと様々である。

それ故、古より他の定命は彼らを下に見ていた。それは彼らが他種族よりも強靭《きょうじん》な身体能力を誇るという恐怖感や劣等感に起因するものであり、魔法という技術がそれらを上回っている証左でもある。だからこそベルトールは彼らを同盟者として迎え入れたのだ。

魔王が破れ、同盟も解体され、定命に恭順したところで彼らに待っているのは虐《しいた》げられる未来だけであるのは、ベルトールには容易に想像ができていた。

「我々は、定命の者達と停戦協定を締結。青雷侯ラルシーン卿《きょう》の下に集い、ベルトール様が復活できる時まで、息を潜める事に決めていました。ベルトール様が復活するまで百年を切った頃、現想融合《ファンタジオン》で世界は滅びました。現想融合《ファンタジオン》の動乱に巻き込まれたのは我々とて同じ、不死の王国の民は散り散りに各都市へ移っていったのです。そして第一次都市戦争が終結した一年後、一部企業の主導で、各都市間でとある運動が行われました」

「それは?」

マキナが一瞬口を噤《つぐ》んだ。

よほど言いにくいのだろう。その唇が震えている。

ようやく絞り出すように、言葉を紡《つむ》ぐ。

「……『不死狩り』です」

「不死狩り……？」

「世界各地、各都市に散り散りになった不死を殲滅《せんめつ》、ないし投獄する運動です。一部の不死は第一次都市戦争において多大な戦果を上げましたから、不死の存在しなかったアースにとっても、不死に対する脅威の記憶が薄れたアルネスにとっても、殺しても死なず、数々の実戦を経験していた不死の存在は大きな衝撃でした。そして不死、つまり魔族はヒトという種ではない悪性の存在として、第一次都市戦争終結から第二次都市戦争が始まるまでの間に、その駆除が行われたのです」

それは五百年前、いやそれ以上前の太古からアルネスでは一般的な認識であった。

不死である魔族はその超常的な力故に、定命から怪物として恐れられていた。

「我々も徹底抗戦の構えを取りましたが、魔導工学技術の発達で対不死用の武器が開発、量産され、それまで限られていた不死への対抗手段が増加した事により、不死と定命の間のパワーバランスが崩れ、我々は敗北しました」

「六魔侯は……どうなったのだ？」

「六魔侯は、壊滅しました……」

悲痛の色を滲《にじ》ませて、マキナは言う。

「天忌侯メイ、黒竜侯シルヴァルド卿、青雷侯ラルシーン卿の所在は不明です。滅ぼされたのか、それとも囚《とら》われているのか、あるいはどこかに潜んでいるのかはわかりませんが、不死狩り後に一度も生存を確認できておりません。業剣侯《ごうけんこう》ゼノール卿は、《転輪の法《メテノエル》》の発動条件を聞かされていたのは私とラルシーン卿だけだったからと、私を逃がすために囮《おとり》となって……一人敵陣に……」

メイ、シルヴァルド、ラルシーン、ゼノール。

誰も彼も、ベルトールに長く仕えていた不死の家臣達だ。

他者を失う悲哀など、とうに捨てたと思っていた。他者を慮《おもんぱか》る心など、とうに死んだと思っていた。だがベルトールの胸に去来したのは喪失感と空虚感だった。

「とはいえ、不死狩りも過去のものとなりましたし、不死に対する恐怖心を持つ戦中世代も減ってきていますから、当時よりは周りを気にする必要はなくなりました。以前は本当に炙《あぶ》り出しだの、無関係な定命に対する一方的な不死認定だの酷《ひど》かったですから……」

「不死狩り、か……」

そこでベルトールは気付く。一人足りないのだ。

六魔侯はその名の通り六名の魔族から構成される。

話に出たのは四名、マキナを合わせて五名だけだ。

「マルキュスは?」

血術侯マルキュス。

政《まつりごと》においてはラルシーンと共にベルトールを支え、更に不死の王国の魔導技術研究職のトップでもある元ダークエルフの魔族だ。

「……え、えーと……マ、マルキュス……卿は……」

マキナが視線を外し、指先を合わせてくるくると回し、その目が泳いでいる。

何か隠し事をしているのが丸わかりである。

それを指摘するより先に、マキナが大声を出した。

「そ、それよりベルトール様！　喉は渇きませんか!?」

「え、いや別に――」

「お身体には影響ないとはいえ、この街の空気はベルトール様が吸うには汚れすぎています！　よって！　ベルトール様のお喉を労《いたわ》る為《ため》に私、ちょっとお飲み物を買って参りますから、ここでしばしの間待っていてください！」

「お、おいマキナ……」

強引に話を打ち切ってマキナはその場から離れ、その姿は人混みの中に紛れていった。

マルキュスに関して何か都合が悪い事があるのか、あるいは話したくない事があるのか、それはベルトールにもわからなかったが、マキナがベルトールに嘘《うそ》を吐《つ》く事だけはないと理解していたし、話したくないという思いが先行して強引に話題を逸《そ》らしたのもベルトールを慮っての、忠心からの行動なのだろうというのは察しが付いていた。

「全く、仕様がない奴だ」

やれやれ、といった風に呆《あき》れた口調でベルトールは言う。

「五百年前と変わらぬな、マキナは」

この様子であれば、この変わりきってしまった世界でも彼女は変わらずにやっているのだろうとベルトールは少しの安堵《あんど》感を得ていた。

街灯の下で、ベルトールは周囲を見回す。

雑踏の中から聞こえるのは、人々の話し声や、よく通る客引きの声だ。

大通りの北側には、エーテルリアクターがランドマークとしてよく見えた。

正面のビルの壁面一杯を使った壁面大広告ホログラム・ディスプレイからは、大音量で軽快な音楽と共に空走車《フライトビークル》のＣＭが流れて来る。

『今、風となり、そして時を置き去りにする──新宿ＦＶｏｔＹ受賞、貴方《あなた》の暮らしを豊かにする、ＩＨＭＩプレゼンツ、新型空走車《フライトビークル》【バーゲーン07】登場』

可愛《かわい》らしいアバターを纏《まと》った流行《はや》りの三人組バーチャルアイドルユニットが、空走車《フライトビークル》に乗ってサイケデリックな光を放つトンネルの中を駆け抜けている。

「ほう……原理としては虚像投影の類か……？　それもこのサイズ、この精度で……魔力の無駄すぎるのではないか……？」

CMの映像を、呆《ほう》けたように口を開いて食い入るように見つめている。

新宿市警察と漢字で車体に書かれた白黒の警邏車《パークル》が、赤いランプを回して甲高いサイレンを鳴らしながら目の前を横切った。

「ん……？」

そこでベルトールは視線を巡らせた。

霊素《エーテル》の微妙な揺れを感じ取ったのだ。

それは常人では決して察知できぬ小さな変化。力が落ちていても尚《なお》、魔王の霊素《エーテル》に対する感応力の鋭敏さは健在だった。

視線の先には一人の少女がいた。

変わった格好の――ベルトールにとっては皆が変わった格好ではあるが――少女だ。

短く切った黒髪、その前髪には一房赤いメッシュが入っている。赤を基調に金の刺繍《ししゅう》が入ったチャイナ・ドレスの上から羽織っているのは、裾の短いドワーフ・ジャケット。足には動きやすそうなシューズを履き、頭には丸サングラスを載せている。

黒髪に茶色の瞳、丸い耳に宍色《しし》の肌は東洋系《オリエンス》の人間の特徴だ。

年の頃は十七、八といったところか。端正な顔立ちで、気の強そうな目元と、活発そうな雰囲気の少女だ。

少女はじっと、鉄柵に背中を預けて正面の壁面のホログラム・ディスプレイの広告を眺めている。

少女の口角が笑みの形に上がった。

その時だ。

踊り、歌うアイドル達のＰＶが暗転した。

そしてディスプレイの全面に、ポップなドクロのウサギのロゴが一瞬表示され、更に暗転して直後にアイドルのＰＶでも、ウサギのロゴでもないものが表示される。

卑猥《ひわい》な動画サイトの広告であった。

『あっ、あン！　んっ、あっ！　あぁん！』

大音量で嬌声《きょうせい》が街中に響き、ディスプレイには無修正の裸体が映し出されている。

あまりに唐突な異変に、人々は一瞬足を止めて壁面のディスプレイに視線を向けた。

「うわ、何これ？」

「なんかいきなりエロ広告出てきたんだけどバグ？」

「これ広告ハッキングされてね？」

「ママー。あれ何？」

「見ちゃいけません！」

ざわめき、動揺する群衆。

その中で一人、広告ではなく戸惑う人々を眺めて、手を叩《たた》いて大笑いする人物がいた。

ベルトールが視線を向けた黒髪の少女だ。

くつくつと背中を丸めて笑う少女にベルトールは近付いて、古エルド語訛《なま》りが強い共通語《エルフご》で声を掛ける。

「そこな女」

「え？」

少女はびくりと肩を震わせ、周囲を見回す。

「其方《そなた》だ、黒髪の」

「あ、あたし？」

「うむ」

自分の顔を指差す少女に、ベルトールは鷹揚《おうよう》に頷《うなず》いた。

キョロキョロと周囲を窺《うかが》いながら、警戒心を丸出しにして少女が口を開いた。

「な、何？」

「其方《そなた》、今何をした？」

ベルトールは腕を組み、顎で広告を指す。

「え、な、なんの事かな～？　あたしわかんなーい、バグかなんかじゃないのぉ？」

両手を頭の後ろに回し、足を交差させて明後日《あさって》の方向に視線を泳がせて少女は気の抜けた口笛を吹いた。

「余を前に空言を弄するな。其《そ》の方《ほう》の周囲の霊素《エーテル》が揺らいでからそこな投影像が変じただろう。霊素《エーテル》の揺れと投影像に意識が向いていたのは周囲では其《そ》の方《ほう》だけ。であれば、何かしたと考えるのが自然であろう」

ベルトールの言葉に、少女は目の色を変えた。警戒と驚愕《きょうがく》を濃くして、だ。

「……霊素《エーテル》の揺れであたしのハッキングを見破った……？　そんなのありえない。凄腕《ウィザード》だって霊素《エーテル》の揺れなんかでわかるはずないもの……あんた、何者？」

「ふっ、余の姿を見て何者と問うとは。蒙昧《もうまい》は罪であるが、今日は余の再誕を記念する祝日である」

「いや普通に平日だけど……」

「なので特別に恩赦をやろう」

「あーはいはい。いいから、あんた何者なの？」

如何《いか》にもめんどくさそうな視線で少女はベルトールを見ながら訊《たず》ねる。

視線など気にもせず、ベルトールは両腕を大きく広げて天を仰ぎ、瞳を伏せ、言った。

「――魔王だ」

「――まじで何言ってんの？」

「よもや余の顔を知らぬというわけではあるまい？」

「いや知らんけども……」

全く信じていないという目で少女はベルトールを見るが、すぐに溜息《ためいき》と共に肩を竦《すく》めて視線を逸らす。

「それで、あたしを捕まえて都市警察《シティカード》にでも突き出す気？　そんな正義感発揮したところで都市警察《シティカード》クソだから褒賞なんて出ないよ」

「よくわからんが憲兵の類には突き出さぬわ、安心しろ」

ベルトールの言葉に、少女はほっとした様子で胸を撫《な》で下ろした。

「それで、何の用？」

「先程のアレだが、どういう類の魔法だ？　霊素《エーテル》の揺れの感じで、虚像投影に何かしらを仕掛けたのはわかるが、原理がわからん。この余ですら理解が及ばぬ魔導の技術を用いたであろう其方《そなた》に少し興味が湧いたのだ。余が初見で見抜けなかったとは中々の手練《てだ》れであろう。立ち振る舞いにも実力から来る自信が見える」

ベルトールの言葉に気を良くしたのか、少女はだらしない笑みを浮かべる。

「え～そんな～、別に大した事してないって～単なるハッキングよ、ハッキング」

声のトーンが少し上がり、ウキウキとした声音で少女は言った。

「はっきんぐ……？」

「そ。霊竄術《エーテルハック》。あたしこう見えて命の危険に曝《さら》されるような危ない仕事もこなす霊竄士《エーテルハッカー》なの。んで今新宿市で主流のＩＨＭＩ製のホロディスプレイって術式の論理防壁に致命的な脆弱《ぜいじゃく》性があんのね、そこを突いてネットのエロ広告に差し替えたってわけ。やってる事は単純だけど、この小さな脆弱性を見つけちゃうのがなんつーのかな、あたしの才能？　みたいな？　けど勘違いしないでね、あれはあたしの知的好奇心とか暇つぶしとかただいたずらしたかっただけとかじゃないって事は先に断っておくわ。まぁでもＩＨＭＩはネット規制したがりだったりフィルタリング掛けたがったりして真《しん》に自由な場所がネットであるって思ってるあたしにとっては敵も同然、だからまぁこれはそのー、あれよ、一種の社会抗議活動も兼ねてるってワケ。この腐った社会に対する反抗思想《パンク》の体現者なの」

「そ、そうか……」

「そ。ま、そこらにいる並のハッカー程度なら見抜けないくらいの脆弱性だけどね、スーパー天才美少女ハッカーであるあたしにだからこそ見破れたし、脆弱性を突く事もできたのよ。それで――」

止まることなく早口で捲《まく》し立てる少女に、ベルトールは戸惑って口を挟めずにいた。

「ああ、それと」

「んで結局術式変動アルゴリズム自体に――何？　今ちょうどノってきた所なんだけど」

いつまでも喋《しゃべ》っていそうな少女の話を強引に止めるように、ベルトールが制す。

「マルキュスという名前の男を知っているか？」

「マルキュス？」

不死狩りというものがあったのであれば、無事ならばまだどこかに身を潜めている可能性が高い。

こんな所でたまたま出会っただけの少女が、マルキュスの名前を知っているなどという都合のいい事態になるとは端《はな》から期待していない。

だがベルトールの思考とは裏腹に、返ってきた答えは予想外のものであった。

「それってＩＨＭＩの社長の事？　それなら知ってるよ」

「何……？」

「あそこ」

少女は遠方を指差す。

指の先には、新エルヴン調の白亜の巨塔。

「ＩＨＭＩの本社ビル。あそこに行けば居場所わかるんじゃない？　マルキュスって言ったらあそこの社長で有名だもん」

◆

石丸魔導重工《ＩＨＭＩ》。

都市戦争の軍需産業で急速な成長を遂げた、旧石丸重工を母体とする超巨大企業だ。

現在新宿市はおろか世界でも有数の企業の一つであり、この街のインフラの重要な心臓部であるエーテルリアクターを建造、管理してエネルギー事業にも携わり、魔導電子工学や情報通信技術の分野でも他社と一線を画す技術力を誇り、新宿市の評議会にも強い発言権を持っている実質的な新宿市の支配者である。

『技術こそが新たなる時代の種火になる』というモットーの下に作られた、松明《トーチ》をモチーフにした社章《シンボル》を高らかに掲げた本社ビルは、新宿市で二番目の高さを誇る建物である。

ベルトールはその本社ビルに今まさに入らんとしているところであった。

マルキュスの力を借りる為《ため》だ。

世界が滅亡し、不死の王国も壊滅し、ベルトール自体の力が低下した現在、新たな行動指針が必要だった。

当世での社会的地位、権力、財力を保持していれば、今後の目標を立てやすい。そのためにマルキュスの力を借りるのだ。

マキナは連れてこず、一人で黙ってここへ来ていた。

何か隠し事をしているであろうマキナに言えば、止められる可能性があったからだ。

（だがそれが本当にマルキュスであるならば、の話だがな。不死狩りなどというものがありながら、高い社会的地位にいられるのかという疑問符が付く）

そう思いながら、自動四重縦横開閉扉が開き、ベルトールは建物のエントランスロビーに足を踏み入れる。

ロビーは広く、調度品や色彩のバランスが、かつてのマルキュスの館をどこか彷彿《ほうふつ》とさせ、スーツ姿の人々がまばらにロビー内に存在していた。

その片隅に、異彩を放つ存在があった。

ずんぐりむっくりとした、ピンク色の謎のきぐるみが鎮座しているのだ。

「なんだあの妙な兎《うさぎ》は……いや、あれを兎と認めるのは兎に対する冒瀆《ぼうとく》か……」

凝視するベルトールにきぐるみが短い手を振るが、彼は無視して視線を移した。

エントランスの正面の円形受付ブースに、エルフの女性が立っており、まっすぐにベルトールは女性の前まで歩み寄る。

「何か御用でしょうか？」

突然の来訪者にもエルフの女性は笑顔で対応している。

その表情、そしてその全身を纏《まと》う空気に、ベルトールは違和感を覚えた。

声音もどこか平坦《へいたん》で、人間味を欠くような、そんな違和感だ。

「マルキュスに取り次げ、ベルトールが来たと言えばわかるだろう」

「――ご訪問の事前確認が取れませんでした。申し訳ございませんが、アポイントメントなしでの面会はお断りしております」

受付はやはり平坦な声と笑顔で、丁寧に、だがきっぱりと応対する。

「いいからマルキュスに取り次げ」

「申し訳ございませんが、アポイントメントなしでの面会はお断りしております」

同じ表情、同じ口調で受付は言う。

「ふぅ……やれやれ、当世は余を知らぬ愚昧ばかり。仕方あるまい」

さっさと要件を済ませるべく、ベルトールは魔法を使う事にした。

「《王令《レクサギノ》》」

ベルトールが発動したのは対象の魔力を介して、精神に干渉する魔法である。

所謂《いわゆる》《魅了《チャーム》》だ。

《魅了《チャーム》》そのものの効果としては対象の術者に対する意識を一時好意的にさせる程度のものだが、魔王の持つ魔法技術を以《もっ》てすれば、それはもはや《強制《ギアス》》にも近い効果を発揮する程の力を持ち合わせている。

「マルキュスを呼べ」

王は命令を下す。

絶対遵守の勅令である。

たかだか受付のエルフ程度では、拒むことなどできない。

できない、はずだった。

「レベルBクラスの魔力反応、及び当機に対する攻撃を検知。不審人物認定、警備部へ連絡、戦闘態勢に移行」

「なっ……!?」

ベルトールは驚愕した。

魔王の精神干渉を受けているようには見えないからだ。

それどころか、ブースを乗り越えて戦う構えを取っている。

「な、なんだ……？」

「何やってんだあれ……」

突然エントランスで起きた騒ぎに、スーツ姿の人々もどよめき、視線を集める。

（防いだのか……!?　この女が!?）

ベルトールは瞬時に、己の思考を否定した。

防がれたような感覚はなかった、というよりは単純に全く効果がなかったようにベルトールは感じていた。

例えるならば、木や岩に対して精神操作魔法を使ったかのような、そんな手応えだ。

（つまりは……）

先程感じた違和感、今の魔法に対する反応、そして彼女がブースを乗り越えようとした際の動き、それらを総合する。

（機械人形の類……マキナが言っていたのはこれか！）

ベルトールの推理は正しい。受付の女性はエルフではなく、エルフ型のマギノロイド、つまりはヒトを模したロボットだ。

精神操作の魔法を受け付けないのも当然であった。

「対象を制圧します」

「フッ、面白い。当世の人形遊びか、余興程度にはなるだろう」

もう一瞬の後に両者戦闘に入る、その直前である。

「お待ち下さい」

凛《りん》とした声がエントランスに響き渡った。

エントランスのどよめきが一瞬で収まる。

「Ｔ－２６０Ｆ。戦闘行動を中止」

「管理者命令を確認」

マギノロイドが戦闘態勢を即座に解除してブースへと戻っていき、ベルトールも意識を声の方向の一点に向けた。

そこにはエレベーターの自動開閉扉から出てくる影が一つ。

人間の女性だ。

年の頃は二十代前半。レディーススーツに身を包み、長い髪を後ろで束ねている。

ベルトールは女性から視線を離せなかった。

見目麗《みめうるわ》しい女性であったが、見惚《みと》れていたわけではない。無意識のうちにマギノロイドから彼女の方へ戦闘態勢に入っていたのだ。

美しい抜き身の剣のビジョンがベルトールの脳裏に浮かぶ。

ただの女ではない。

確かな戦闘訓練を重ね、いくつもの修羅場を潜《くぐ》り抜けて裏打ちされた自信、そういったものが佇《たたず》まいから匂い立ってくるかのようだ。

魔王ベルトールをして、一目で強者であると確信させる程の空気を纏っていた。

女性がまっすぐにベルトールへと歩いて来て、眼前一メートル先で立ち止まる。

「弊社の商品、T－260F型が失礼致しました。警備員も兼ねているタイプですので、魔法による攻撃に対して高い攻撃反応を示してしまうのです。申し訳ございませんでした」

愛想《あいそ》のいい笑顔を浮かべ、深々と女性は頭を下げた。

魅力的な笑顔だが、その抜身の剣のような雰囲気は一切崩していない。

「私《わたくし》、マルキュス社長の秘書を務めさせていただいている木ノ原《きのはら》と申します」

「ベルトールだ」

「はい、承知しております。T－260Fとの会話と映像記録を勝手ながら拝見させていただきました。社長にお会いしたい、との事でしたね。マルキュス社長からも通せとの指示が出ておりますので、私が社長室への案内をマター致します」

木ノ原が先導し、ベルトールがその後ろに付く形で二人はエレベーターに乗った。

木ノ原がパネルを操作すると、高速で上昇していく。

だが身体《からだ》に掛かる重力は然程《さほど》でもない。重力操作の魔法がエレベーターに常時掛けられているからだ。

二人で乗るには広すぎるエレベーター内で、重い重い沈黙が流れる。

もしここに常人の第三者が乗り合わせていれば、この狭い密室に満ちる緊張の空気だけで失神する事だろう。

言葉なく、じっとベルトールは木ノ原の胸元を見ている。

「……なんでしょうか?」

胸を見られていると思ったのか、木ノ原は鋭い視線をベルトールに送った。

だが別にベルトールは胸を見ていたわけではない。彼女のスーツの胸元、そのポケットに入れられたボールペンのペン尻、そこに付いている謎のキャラクターを凝視していた。

「いや、その謎生物が気になってな……入り口にもいたが、それは……兎……か……?」

「この子に注目するとは中々にお目が高いご様子。我社のマスコットキャラクター、イシマルくんです。いずれは世界中でムーブメントになる予定の子ですよ」

「そ、そうか……その、なんだ、個性的な生き物？　だな……」

程なくして、最上階に到着した。

エレベーターの自動扉が開くと、すぐに社長室となっている。

社長室はロビーと比べると、空虚さや寂寥《せきりょう》感が目立つ。

理由はその広さにあった。

フロアを丸々一つ、個人が使っているのだから当然である。

そして何より物がない。デスクとチェア、それだけだ。周りは大きな板ガラスで覆われており、夜の新宿市が一望できる。

エレベーターの正面に、この城《ビル》の主《あるじ》はいた。

真っ白い髪に褐色の肌、赤い瞳に長い耳。ベルトールが良く知る深紅の鎧《よろい》ではなく、深紅のスーツに身を包み、長いマフラーを首に掛け、赤縁の眼鏡をした痩身《そうしん》の男。

六魔侯が一人、ダークエルフにして吸血衝動と太陽光を克服した吸血鬼の不死、血術侯マルキュスその人である。


「久しいな……マルキュス」

椅子に座ったマルキュスの姿を見て、ベルトールは思わず頬を綻ばせた。

同名の別人の可能性の方がずっと高かったというのもあるし、何よりやはり自分の腹心と再会できた事が単純に喜ばしかったのだ。

この世界でもまだ全てを失ったわけではないようだ。失った物は取り戻せないが、希望は残っている。

「お久しぶりですねぇ、我が王よ。先程の《全天傅け《エル・ストナ》》を使われた際の魔力の波動で、ここに来られるのはわかっていましたよ」

鷹揚《おうよう》に構え、マルキュスは椅子に座りながら甲高い声でそう言った。

その背後に見える壁には、ＩＨＭＩの社章が大きく刻まれている。

「……」

ベルトールはマルキュスの態度に少しばかりの動揺、そして怒りを覚えた。

ベルトールが王であり、マルキュスが臣下である。それは五百年経《た》っていてもベルトールにとっては変わらない認識だ。

王を前に、座したまま応対するとは当然ながら不敬である。

そもそも、秘書ではなくマルキュス自身がベルトールを迎えるべきだったし、マキナと共に復活の場に立ち会うべきなのだ。

「マルキュス、座したままとは不敬であるぞ」

ベルトールはマルキュスを睨《にら》みつける。

ただそれだけで周囲の霊素《エーテル》が震え、強化ガラスが軋《きし》みを上げた。

だがマルキュスは薄ら笑いを浮かべながら微動だにしない。

「……まあよい、今は許す」

五百年の間、激動の時代を生き延びて建てた自分の城である。

そこを汲《く》んでベルトールもそれ以上は追及しなかった。

「それで、我が王。一体何をしに来たのですか？　こんな所までわざわざ赴いて」

椅子の背もたれに身体を預けながら、マルキュスは明後日《あさって》の方向を見ながら言う。

マルキュスの態度は自らの王に対する敬意など、今度こそ微塵《みじん》も感じられなかった。敬意がないどころか、明らかな挑発行為だ。

五百年前のベルトールであれば、このような態度をマルキュスが取っていれば即座にその首を刎《は》ねていたことだろう。

だが今はそれ以上に困惑が勝っていた。

マルキュスはベルトールが知る限り、忠臣の一人である。こんな真似《まね》をする事など考えられなかったからだ。

「それよりもまず、余の復活を祝うべきであろうマルキュス」

「ええ、まあ。そうですねぇ」

「……もうよい。マルキュスよ、不死の王として其方《そなた》に命ずる。余と共に不死の王国を再建し、世界を支配する手助けをせよ」

その言葉を聞いたマルキュスは——

「フハッ」

笑った。

「フハハハハハハハハ！」

顔を覆い、背を反らし、室内に響き渡るような哄笑《こうしょう》を上げた。

「マルキュス……」

そしてピタリ、とその哄笑が止《や》んだ。

「断る」

血のように赤い瞳で魔王を見つめ、口を開き、そう一言に両断する。

「なんだと……？」

「断る、とそう申し上げたのですよ我が王。否《いな》——」

マルキュスの目に意志が光った。

「ベルトール」

侮《あなど》りだ。

下賤《げせん》な者に対する視線、多くの不死が定命に向ける目そのものである。

「王の名を呼び捨てるとは、随分と大きく出たな不敬者が……！」

ベルトールがマルキュスに殺意を向けた。

その瞬間だ。

「《竜刀《りゅうとう》・千鳥《ちどり》》」

ベルトールの後方にいた木ノ原に殺気が宿り、魔力が起動し、魔名が宣言された。

ベルトールが振り向けば黒塗りの鞘《さや》に納められた刀が一振り、木ノ原のその手の中に握られている。

「――!?」

それを視認した瞬間に、ベルトールは窓の付近まで大きく横っ飛びで退避していた。

光が瞬《また》き、一陣の風が吹いた後、納刀音が社長室に流麗に響く。

「……白抜《しらぬき》か」

白抜とは、抜刀術や居合術を指す古い剣術の名称である。

ベルトールは、彼女の抜刀と納刀の速さに舌を巻いていた。

衰えているとはいえ、魔王であるベルトールをして目で捉えるのがやっと、それほどまでに速い居合術であったのだ。

そしてその居合術はただ速いだけではなかった。魔力の込められた電撃を纏《まと》わせている事を、ベルトールは一瞬見えた光と魔力の質から察知していた。

避《よ》けられたのは、彼が幾度もの死地を乗り越えてきた経験による所が大きい。

ほんの一瞬でも回避を思考していれば、首と胴が離れていた事だろう。

それでも擦過した刃《やいば》は頬を擦《かす》め、魔王に血を流させていた。

（避け切れんか、大分鈍っているな。あれは武装召喚で呼び出した物……ではないな、あの真に迫る実在感……鋳造型ではなく武装鍛造の魔法か……。いや、それよりも……）

超高速の居合術もさることながら、ベルトールは木ノ原の行動に違和感を覚えていた。

武装鍛造の魔法を使っているにも拘《かか》わらず、詠唱をしている様子がなかったのだ。

それどころか、構築や展開している様子もなかった。本来ならばありえない事である。

だが今はそれらを考えている場合ではなかった。木ノ原を見やれば、大きく腰を落としていつでも第二撃を見舞える体勢を取っていた。

「よいですよ、木ノ原」

マルキュスの言葉に、木ノ原は構えを解いた。

ベルトールが血の流れる頬の傷を指で拭うと、傷口が徐々に塞がっていく。

魔法による回復ではない。不死の持つ自己再生能力である。

「衰えましたねぇ……それはご自身が一番よく理解しているでしょうが」

ベルトールのその姿を見て、マルキュスが憐《あわ》れむような視線と言葉を発する。

「以前の貴方《あなた》ならば、斬られた瞬間に傷が閉じ、血の一滴も流さなかったはずです」

マルキュスの言葉は正しい。

信仰力の低下により、魔力だけでなく不死の再生力も低下しているのだ。

「何故《なぜ》だ、マルキュス……」

「何故？　そんな事も言わなければわからないのですか？」

心底見下げ果てたようにマルキュスが言う。

「世界を支配する？　不死の王国を再建する？　ハッ、笑わせないでください。最早《もはや》そのような時代ではないのですよベルトール。既に世界は滅び、不死の王国は崩壊し、そして貴方はそのザマだ」

「…………」

「貴方を支えていた信仰も、貴方を象《かたど》っていた恐怖も、全ては忘却の彼方《かなた》。貴方を描いたあらゆる伝説、神話は記録と情報へと変わり、単なる娯楽と知識に成り下がった。そんな貴方に垂れる頭はない。とっとと私の前から消えてください」

それとも、と言ってマルキュスは続ける。

「頭を下げ、地に伏せろ。そうすれば少しは考えてやってもいいですよ?」

にやり、と。

マルキュスは舌なめずりをする。

その視線は恍惚《こうこつ》の色を帯びていた。

「————」

最早語る舌を持たぬとベルトールは一歩踏み出す。

これ以上の不敬は王として看過できぬと。仮令《たとえ》自身によく仕えた臣下であろうと王として罰せねばならない。

「木ノ原、手を出さないでくださいよ」

「承知しました」

対するマルキュスも椅子から腰を上げた。

「マルキュス……」

ベルトールが魔力を起動する。

魔法を発動する準備、言うなればドラゴンがブレスを吐く前の予備動作。ただそれだけで周囲の霊素《エーテル》と空気が震え、ガラスが軋みを上げる。

「血術侯と呼ばれた其方《そなた》でも、余に勝てん事は理解していよう」

「試してみますか？」

ベルトールとマルキュス、二人が右手を伸ばし、掌《てのひら》を見せ合うように五指を広げた。

魔法の発動までに至る工程、起動、構築、展開、詠唱、宣言。

その理《ことわり》は如何《いか》な魔王とて覆《くつがえ》せない。

しかしベルトールには疑似的に詠唱を省略する〝無詠唱法〟がある。

五つの魔法発動工程の内、一つを省略。それが魔法戦においてどれほどのアドバンテージをもたらすのか。

数千の時を生きる中で様々な強者と戦ってきたベルトールであるが、魔法戦という一点においてはただの一度たりとも敗れる事はなかった。

あらゆる強者や英雄、大魔導師が焦がれ、挑み、だが敗れた法。

六魔侯の中でも最も魔法戦を得意としたマルキュスでさえ及ばなかった、魔王を魔王たらしめる秘術である。

これがある限り、ベルトールの敗北はありえない。

ベルトールが高らかに魔名を宣言する。

「《黒《ベル》──」

だがマルキュスは──

「二手遅いですよ、ベルトール」

嘲笑した。

「《呪文対抗《スペルブレイカー》》」

ベルトールが魔法を発動させるよりも速く、マルキュスの掌の前に魔法陣が展開され、魔法が発動する。

「なっ……!?」

ベルトールが驚愕《きょうがく》に目を見開いた。

マルキュスの魔法は炎や光を放つようなものではなかった。もっと地味な──そもそも端から見れば何もしていないようにも見える。

それは魔法戦において、最上位に位置する高等魔法であった。

マルキュスが何もしないように見えたのと同じく、魔法を発動させようとしたベルトールもまた、何もしなかったのだから。

否、何もできなかったというのが正確である。今起きた現象を、ベルトールは絞り出すように発する。

「魔法の無効化《キャンセル》……だと……⁉」

　魔法への対処は大きく分けて二つ存在する。

　一つは『抵抗《レジスト》』。防御魔法を始めとしたものを指し、直接魔力で身を守るという単純かつ効果的な受動的防御方法だ。

　もう一つは今マルキュスが行った『無効化』。術者が魔力を起動し、魔法が発動するまでの、構築、展開、詠唱、宣言のいずれかの工程に介入し、無効化する事で発動そのものを不発とさせる方法である。

　無効化は抵抗と違い、後の先を取れる強力な能動的防衛手段ではあるが、相手が発動させようとする魔法の術式を完璧に理解し、それぞれの工程が終了するより速く挿し込まなければならない。理論上は可能ではあるが、それは事実上無詠唱法を確立した魔王ベルトールにこそ許されたモノであり、彼以外では実戦ではほぼ使えない手段である。

　ただでさえ高難易度の無効化魔法を、無詠唱法を有するベルトールより速く発動させるなどとは、そんな事は不可能なのだ。

　不可能の、はずだった。

　ベルトールからすれば信じがたい事だが、実際にベルトールはマルキュスに魔法を無効化されたのだ。

「馬鹿な、何故だ……」

故に魔王は疑問を口にする。何故だ、と。

「何故、か。く、くくく……」

マルキュスの声は、仄暗《ほのぐら》い喜びを含んでいた。

今まで畏れ、傅《かしず》いていた相手に対する圧倒的な優越感。絶対的な強者であったベルトールの上に立った事の征服感。

そういったサディスティックな快感を、マルキュスは抱いていた。

実際、彼のペニスは勃起していた。

「何故無詠唱法を扱える自分が、何故自分よりも魔法センスのない私に、何故無効化されたのか、と！　そう疑問に思っているのですか、貴方は！　魔王ベルトールが！　そう思っているのですね！　ねえ！　そうなのでしょう⁉」

ベルトールは、マルキュスの感情の爆発に困惑していた。

彼の知るマルキュスは神経質な男ではあったが、冷静で礼節を弁《わきま》えた男であった。そして六魔侯の頭脳として信頼し、重用していたのだ。

たった五百年でこんなにも変わるものなのだろうかと、ベルトールの中では怒りよりも困惑、困惑よりも悲しみが勝っていた。

自身の知らぬ間に、何がマルキュスをこうしてしまったのか、あるいは元々こうだったのかは魔王ですらわからなかった。

最早魔族の大貴族が持ち合わせていた高貴さなど微塵《みじん》も感じられぬ、レッサーデーモンのような下卑た笑みを浮かべながらマルキュスが背を向ける。

「これですよ」

言いながら、うなじの辺りを指差す。

そこには小さな黒い金属片が埋め込まれていた。その金属片は、時たま緑色の光を明滅させており、微量な魔力をベルトールは感じていた。

そしてそれには見覚えがあった。市中を歩く人々が皆付けていた物だ。

「なんだ、それは」

問いながらベルトールは思考する。

一連の挙動から、魔法の発動を補助するタイプの、見習い魔法使いが持つ魔法の杖《つえ》のような魔導具《マギノ・ガジェット》の一種だろうかと推理していた。

「これは〝ファミリア〟、人類の叡智《えいち》、最先端魔導工学の結晶です」

ファミリアとは、魔導学と工学の融合した技術、即《すなわ》ち魔導工学により生み出された魔導具《マギノ・ガジェット》の一種であり、脊髄に繋《つな》げ脳とリンクする事で脳領域の拡張、機能を補助する第二の脳であり——物理的なスペースの必要がなくなった情報端末である。

人々はファミリアと脳を接続する事で、大気中の霊素《エーテル》との親和性を高め、霊素《エーテル》を介してファミリア同士やコンピュータと相互接続し、従来のインターネットに替わる新たな通信技術、エーテルネットワークを確立した。

と、マルキュスはそう説明した。

「要するにコンピュータを身体《からだ》に付けたようなものですね。まぁ、こう言った所で貴方の足りない脳みそでは理解できないでしょうが」

マルキュスの言う通り、ベルトールはその言葉をほとんど理解できていなかった。

「ですがファミリアの本質は、魔法戦にこそあります。物資や人材の乏しくなった第一次都市戦争末期、子供や魔導技術を修めていない者でも簡単に魔法を使えるようにし、即戦力として戦場に投入できる兵隊を作るというのが本来の設計思想なのです。そしてこれを開発したのが、私です」

誇らしげにマルキュスが言った。

それらはベルトールに理解させるつもりのない言葉の雨だ。

ただ己の功績をひけらかしたい、自己顕示欲だけのものだった。

「技術革新が進んだ現在、今まで人力で行われていた構築、展開、詠唱までのプロセスは、全てファミリアの量子演算処理素子が担《にな》ってくれ、使いたい魔法を選択し、宣言するだけで魔法が発動できるまでに簡略化されました。これらの魔法戦における技術発展がファミリアのメインであり、エーテルネットワークの構築、霊素《エーテル》通信の発達はその副産物に過ぎない。貴方《あなた》のような馬鹿でもわかりやすくまとめると、無詠唱法だけでなく、無構築法、無展開法をあらゆる種族が年齢を問わずに使えるようになった、という事です」

「馬鹿な……」

先程の木ノ原の行動に対する違和感もこれで合点《がてん》がいった。あれもファミリアで魔法発動の工程を省略していたのだ。そうベルトールは分析した。

長い年月の間突出した個の才能でのみ成り立っていた技術に、たった五百年、否《いな》八十年で到達し、凌《りょう》駕《が》したのである。

「そしてファミリアは不滅の肉体、不死よりも更に一つ上の霊的上位存在、その魂が神に近い存在である貴方の肉体には適合しない。そうするように基本的な術式の設計から私が組み上げました」

「何……？」

「いずれ復活するであろう貴方がファミリアを付けてしまったら、私の優位性が薄れてしまうでしょう？　それはよくない、非常によくない」

その言葉は、以前よりマルキュスがベルトールに対しての備えを行っていたという事、そしてその時から既にベルトールに敵対するつもりだったという事を示す。

「――！」

ベルトールは再び同じ魔法の構築と展開を、先程よりも高速で開始する。

だがいくら速くしたところで、二手遅いというのはあまりにも致命的であった。

「《呪文対抗《スペルブレイカー》》」

宣言するより先に、魔法が無効化される。

「くっ……！」

「そう気を落とさないでください。貴方の魔法処理速度は大したものだ。ファミリアには及ばないが、ヒトとしての限界を遥《はる》かに超えている。流石《さすが》は魔王と言ったところでしょうか。貴方の術式の構成を知る私だからこそ無効化できたわけですが……いずれにせよ、ファミリアは今や誰もが所持する生活必需品、それを付けていない貴方は――今の世界ではあまりに遅いのですよ……」

同情するような目線と声。

それはさながら、出来の悪い生徒を見る教師のようだ。

「しかしこうなるといっそ憐《あわ》れですねぇ……かつては世界を恐怖に陥《おとしい》れていた魔王ベル

トールが、今やゲロ臭い裏通りで管を巻くゴミ共以下の存在に成り下がるとは……コボルトの小便よりも更に下、スライムの這《は》った後の染《し》みの如《ごと》き……その凋落《ちょうらく》ぶりに憐憫《れんびん》を禁じえません」

マルキュスの口から、淀《よど》みなく罵声が発せられる。

「はっきりと申し上げましょう。今の貴方はトロルの糞《くそ》にも劣ります」

マルキュスは昔から魔導技術に対して深い理解があり、今の時代の技術発達に貢献し、その事に対する自負や自尊心があるのはベルトールにも理解できる。

だが、何故《なぜ》こうまでしてマルキュスが自分に対して憎悪《ぞうお》にも近い感情を抱いているのかわからなかった。

「何故だマルキュス！　何故、このような真似《まね》を……！」

「何故？」

マルキュスが眼鏡のブリッジを指で抑え、言う。

「何故何故何故と、愚鈍も窮《きわ》まると見苦しいですね。蒙昧《もうまい》は罪ですよ、ベルトール」

「……ッ」

「私が貴方に真に忠誠を誓っていたと、本気で思っていたのですか？」

「何……？」

「初めから気に入らなかったのですよ、貴方の事が」

「……」

「独善的で、傲慢で、全て私の上を行く貴様が心底嫌いだったんだよ！　何度も滅ぼしてやろうと考えた！　だが貴様は滅びすら克服した！　目障《めざわ》りだった！　そんな男の下に、長き時を臣下として付く事に甘んじなければいけなかった私の気持ちがお前にわかるか⁉　なぁ！　おい！　……おっと、失礼、取り乱しました」

目が血走り、突然興奮したマルキュスが叫ぶ。

「余の目が、曇っていたという事か……」

ぎり、と。砕けるくらいに強く奥歯を噛《か》む。

ベルトールも、マルキュスが野心を抱えている男だという事には昔から気付いていたし、それを是としていた。こういった事態になる事も、十分に予想できた。

だがそれでも、長い時の中で共に戦い、共に生きてきた臣下の一人なのだ。五百年で激変した世界で、信頼していた仲間に裏切られたという精神的動揺は大きかった。

「はい。その通りです」

はっきりと無慈悲に、マルキュスは切り捨てるように言い放つ。

「だがもういいのです、そんな事。ゴミに対して拘泥《こうでい》する程暇じゃありませんので」

対話による相互理解は不可能。そうベルトールは結論付けるしかなかった。

であるならば、最早《もはや》戦う以外の選択肢はない。それは王としてのけじめでもある。

「マルキュスッッッ！」

ベルトールが腕を振り上げ、魔力を起動する。

「まだ理解が足りていないようですね、《血の剣《ブラッドソード》》」

しかしそれよりも速く、無詠唱法を超越したマルキュスの魔法が発動した。

ベルトールの周囲の空間に十三本の赤い剣が出現する。

血術侯の名が示す通り、〝血〟を媒介とする魔法をマルキュスは得意としていた。その中でも大気中の霊素《エーテル》を血へと変化させて操る《血の剣《ブラッドソード》》は、彼の十八番《おはこ》としていた魔法である。

周囲に展開された《血の剣《ブラッドソード》》の内一本が、凄《すさ》まじい速度でベルトールに襲いかかり、その脇腹に深々と突き刺さった。

「うぐっ……！」

激痛が走り、たまらずベルトールは膝をつき、魔法の発動が中断された。

肉体の頑強さ、皮膚や骨、筋肉の硬さだけが防御力ではない。

不死の再生力というのはそれが単純に強力な防御力なのだ。

そして、不死としての力が強ければ強い程、感じる痛みは鈍化する。痛みとは肉体の死を知らせる信号。強い力を持つ不死は、肉体を細切れにされても痛みを感じない。

人並みの痛みを覚えているという事は、ベルトールが不死として弱体化しているという事を如実《にょじつ》に表していた。

《血の剣《ブラッドソード》》は、五百年前は時間にして三秒程の詠唱を要していたはずだ。

しかし詠唱を行った形跡はない。それどころか構築と展開もやはり見られなかった。

本当に、無詠唱法以上の物を完成させているのだ。マルキュスの言葉が真実であれば。

それも万人が使える形で。

「この程度、今の世の中子供のオーガですらできるんですよ？　そう、今の貴方はこの世界において、最も遅い魔導士だ」

マルキュスが五指を閉じると残りの赤い剣がベルトールに向かい、全身が貫かれる。

「ぐうっ……！　あっ……！」

「さて、そろそろお帰り願いましょう」

更に三本、マルキュスの前に剣が出現し、ベルトールへ向かって発射される。そのままの勢いでベルトールごと背後のガラスを破って、そのまま宙に躍り出た。

「さようなら、我が王。《血を爆弾に《ブラッド・トゥ・ボム》》」

宙空に投げ出されたベルトールの全身に突き刺さっていた血の剣《ブラッドソード》が爆発を引き起こし、ベルトールの肉体は爆散した。

バラバラの肉片となったベルトールが落下していくのを眺めながら、マルキュスは背後の木ノ原に告げる。

「管理部に連絡、社長室の窓の修繕をしろと伝えなさい」

「承知しました。あの、社長」

「なんです?」

「先程の男、〝薪〟になさらないのですか? 聞けば元魔王の不死だとか」

「信仰力の低下した今の奴《やつ》には〝薪〟にできる程の力はありません。それに不滅を遂げた今の奴は霊的上位存在としては不死の上にありますからね。〝炉〟に焚《く》べても意味がないのです。捨て置きなさい。それが一番奴に効くんですからねえ。せいぜいこの世界で惨《みじ》めに過ごすがいいのです」

ククク、とマルキュスは笑った。

「ベルトールが復活したという事は誰かが《転輪の法《メテノエル》》を補助したという事。リストの見直しと、身辺調査をしておきなさい」

「承知しました」

「それと、〝炉〟について嗅ぎ回っている奴のパージはどうなっています？」

「スキームは順調です。ハレーションを起こされる可能性が高いと予想されますので特定ができ次第、アライアンスしているギルドにアウトソーシングするのではなく、私が直接パージに向かいます」

「ああ、それなら安心ですね」

マルキュスはもう一度割れた窓を見る。

「かつての魔王という幻想は、ここに終わった。これからは、私が真の魔王となる」

「どうかなさいましたか？」

「ふん」

鼻を鳴らし、最早それ以上ベルトールに関心を寄せる事はなかった。

「あの、社長」

「なんです？」

「イシマルくんのグッズ展開についてご相談があるのですが」

「……そういうのは私に直接言わず、ちゃんと企画会議を通してからにしなさい」

◆

再生が遅い。

大通りの端でふらつきながら、ベルトールは信仰力の低下による自身の能力の衰えを実感していた。

マルキュスによって全身を爆発四散させられ、ビルの最上階から落下して地面に叩《たた》きつけられたダメージの再生に、時間が掛かっていた。

魔力の変換効率が悪く、リソースの大半を再生に費やしても外見をなんとか取り繕う程度にしか再生できていない。一見すれば万全の姿だが、未《いま》だ体の中身は撹拌《かくはん》装置でぐちゃぐちゃにかき回されたものをなんとか臓腑《ぞうふ》の形にこねあわせて詰め込まれているような状態になっている。

単に傷を回復するというのと、死からの蘇生《そせい》というのは全くの別物だ。死の直前の魂から、複雑な肉体の情報を参照する必要がある為《ため》、魔力のコストが非常に重い。

信仰力が低下し、不死の力が最下級の不死程度しかないベルトールには、ただの死からの再生でさえも重労働であった。

「く、そ……」

五百年前であれば、全身が爆散して肉片になったところで三秒もあれば完全に復活できていたのが、この体たらくだ。

立ちくらみ、薄汚れた壁に手を当て、支えとしながらなんとか歩いている。

なんと哀れな姿なのだろうか。

これがアルネスを震撼《しんかん》させ、世界を恐怖のどん底に陥《おとしい》れた魔王の姿である。

これ程までの屈辱を味わった事はベルトールにはなかった。

空は再び分厚い雲で覆われ、先程まで姿を覗《のぞ》かせていた月も見えない。

射《さ》し込んでいた神々《こうごう》しい月の光は閉ざされ、暗澹《あんたん》とした闇が天上を覆い、地上には敗北者をライトアップするかのように極彩色の光が満ちている。

世界に対する影響力も薄れ、ここは魔王のいる世ではないと、お前は時代遅れの存在なのだと、天にそう言われているかのようであった。

「くっ……」

大きな筋肉の塊にぶつかり、ベルトールは足が縺《もつ》れて無様に地面に転がる。

少しの衝撃でもバランスを取る事すら難しい程に疲弊していた。

「あん？　おいてめえ、ぶつかっておいて謝りもしねえのかよ」

ぶつかったオーガの大男がベルトールに凄《すご》む。

赤い表皮と頭部から生えた二本の角が特徴的な種族である。

胸から頬にかけてバトル・タトゥーを彫っており、金の髪をモヒカン状にしている。寒いのにタンクトップにカーゴパンツといった薄手の出《い》で立ちだ。

そして、肩から先に無骨な鋼の義手を装着している。

「不敬者、血の同盟者の末裔《まつえい》が……余を……誰と心得るか……」

ふらふらと、ベルトールは立ち上がりながら睨《にら》みつける。

「何？　血の同盟者だぁ？」

「ふっ……そのようなチンケな脳みそでは……理解もできぬし知識もないか……」

逆流する胃液と共に吐き出すその悪態は、最早魔王としての矜持《きょうじ》のみで吐き出す虚栄であった。

「――ぶっ殺す」

巨体が迫る。

高速の右フック。速いが、ベルトールを舐《な》めているのか予備動作が長い。

ベルトールとて伊達《だて》に魔王をやっているわけではない。徒手空拳での近接戦闘であっても、オーガのチンピラ風情《ふぜい》に負ける道理はない。

しかし――

「オラァ！」

「ゴブッ！」

――しかし、それは腹の中がぐちゃぐちゃになっていなければの話だ。

鋼鉄の義手、その右スイングがベルトールの脇腹に突き刺さり、体勢が崩れた。

アルネスでは魔法戦が主体になった太古の頃から、個の身体能力というのは軽視されがちであり、魔力や魔法への適応力が重要視されるようになった。血の同盟者が他の種族から蔑視される理由でもある。

だが魔法を使用しない白兵戦となれば話は別だ。

全身を覆う鋼のような筋肉と、それを支える強靱《きょうじん》な骨格、そこから生み出される運動能力は平均的なオーガですら極限まで鍛え上げた人間のそれを軽く凌駕《りょうが》するのである。

単純な身体能力だけならば、オーガは全種族でもトップなのだ。

信仰力と不死の力が低下し、更に満身創痍《そうい》のベルトールでは対抗のしようがなかった。

「もういっちょ！」

正面からのボディブローはベルトールの身体《からだ》が浮き上がる程で、身体がくの字に折れ曲がる。

「かっ……」

胴体に二発、重い打撃を食らったベルトールは膝から崩れ落ちる。

「うぉぉぉえっ！」

血と再生しかけた内臓の混ざった吐瀉物《としゃぶつ》を地面にぶちまけた。

地についた手に吐瀉物がかかり、この状況でも早く手を洗わないと、とそんな事がぼんやりと頭の片隅によぎる。

「ったねぇな。毛無しの猿がコキやがってよぉ……喧嘩《けんか》売るなら相手を選ぶんだったな」

オーガの男は笑みを浮かべる。

それは嗜虐《しぎゃく》的で、自身の暴力を解放できる悦《よろこ》びの笑みだ。

蹴る、蹴る、蹴る、踏む、蹴る、踏む、踏む、踏む、蹴る。

側頭部、脇腹、太股《ふともも》、背中、鳩尾《みぞおち》、背中、背中、背中、顎。

オーガの暴行を、頭を抱え、身体を丸めてベルトールは耐える。

──何故《なぜ》だ。

顔面を踏み潰され、鼻血が吹き出た。

──余は何故負けた。

頬を蹴られて奥歯が折れ、反射で飲み込んだ。

――何故、こうなった。

片側の耳の鼓膜が破れた。

――何故。

鳩尾を殴られ、再び吐いた。

ベルトールの頭の中に疑問符が駆け巡る。

道行く人々は誰も彼を助けに入らない。

誰も彼も無関心に、あるいは関わらないように通り過ぎていく。都市警察《シティカード》に通報しようとする者もいない。

こういった事は、この街では珍しくないのだ。

倒れたベルトールは髪を掴《つか》まれ、無理やり頭をもたげさせられ上体を起こされた。その顔は大きく腫れており、特に右目は満足に開かないくらいだ。

オーガがベルトールの顔にツバを吐きかけ、言う。

「あんま舐めた口利《き》いてんじゃねえぞ、雑魚《ざこ》が。つーかおめえファミリア付けてねえのかよ。なんだ？　宗教上の理由ってやつか？　いるよな、〝テクノロジー〟を嫌うやつ。理解できねえ」

「ぐっ……オーガ、風情が……この余を……殺してやるぞ……！　《剣を――」

ベルトールが魔法を宣言しようとする。

だがそれより速く――

「おらぶっ飛べ！　《旋風破《ウインド・ブラスト》》！」

先にオーガの魔法が発動していた。

ベルトールの腹部に押し当てられたオーガの右拳から風の塊が生まれ、そして瞬時に破裂する。

殺傷能力自体は低いが、対象を大きく吹き飛ばす能力に秀《ひい》でている魔法だ。

ベルトールの身体がゴミクズのように弧を描いて吹き飛び、大通りの向かいにあるゴミ捨て場に盛大に落下して捨てられていたゴミをぶちまける。

オーガはガッツポーズをして大笑いしながらその場から立ち去っていく。そのうなじに、ファミリアの稼動《かどう》する光が見えた。

ベルトールはその場から動けず、ゴミに塗《まみ》れて空を見上げる。

ぽつり、とベルトールの頬に雨粒が当たった。

空から大粒の雨が降り出す。

身を裂くような雨が、ベルトールの上に容赦なく降りかかる。

時代遅れの魔王を嘲笑《あざわら》うかのように。

目を瞑《つぶ》る。

「余は、何故負けた……」

何故負けたのか、ベルトールは考える。

ベルトールからすればたかがオーガ如《ごと》きに、である。

単純な話だった。この五百年で、魔王の力をヒトの叡智《えいち》と技術が凌駕したと言うだけの話だ。

魔王ベルトールは、時代に置いていかれているのだ。

ファミリアを装備しようにも、マルキュスの言葉通りであればベルトールは使用できないし、恐らくは真実であろうとベルトールは確信していた。

時代の速度に置いていかれ、オーガよりも魔法の発動が遅いという純然たる事実をまざまざと見せつけられてしまっていた。

「余は、何故負けた……」

理屈では答えがわかっていても尚《なお》ベルトールは一人、答えのない問いを続ける。

——僕達はそこに命の輝きを見出《みいだ》したから——

ぐちゃぐちゃになった脳と思考で、五百年前——ベルトールにとってはつい先程——に聞いたあの男の言葉が脳裏に反響する。

「くだらん——命など、命の輝きなど……そんなものは……そんな、ものは……」

ベルトールは目を閉じ、頭の中の言葉を否定するように力なく頭を振った。

「ベルトール様⁉」

声が、聞こえた。

「マキナ……か……」

「大丈夫ですか⁉」

目を開けると、心配そうに覗き込むマキナの姿がある。

ベルトールは俯《うつむ》いた。

こんな姿を、マキナに見られたくなかったのだ。

二人は降りしきる雨を避けるように、マキナの家へと向かっていた。

エーテルリアクターを中心に円形に広がる新宿市は、環状高架線路を境に二つに分けられる。

内新宿と、外新宿にだ。

環状高架線路の内側にある内新宿は、先程までベルトール達がいた場所で、戦後の再開発で区画整備がなされ、リアクターの周囲の立入禁止区画から東西南北に大通りが延び、きらびやかな繁華街が存在し、背の高いビルが林立した人口密集地帯となっている。

対して外新宿は再開発がされていない為《ため》に手が加わっておらず、戦後そのままの状態の建物も多くあり、荒廃した灰色の街が続いている。

貧民街が多く存在し、都市戦争の難民や棄民といった市民ＩＤが発行されない者や、ＩＤは持つものの内新宿の家賃が支払えないような所得の低い者が集まっているのである。

耐寒領域結界の圏内とは言え、中心部から離れているので寒さも内側に比べると厳しい。

内に行くほどに栄え、外に行くほどに貧する。それが新宿市という都市の構造であった。

そして。二人が向かっているのは環状高架線路に程近い外新宿の一画だ。

道中、二人の口数は少なかった。

「……申し訳ございません」

沈黙に耐えられなくなったマキナが口を開いた。

「何故、マキナが謝る」

「かつての不死狩りは、ＩＨＭＩの社長に就任したマルキュスが、その立場を利用して行った運動でした。奴《やつ》は己の存在を確立してただ一人だけの不死となる為に、他の不死を邪魔だとして裏切ったのです」

「……そうか」

「だから私も奴に出会うまいと避けていたのです……マルキュスの裏切りを告げるのを迷ってしまった私の責任です……それにベルトール様なら説得できる目もあるかと思い……初めから全て打ち明けていれば……こんな事には……」

「よい……其方《そなた》が話していたとして、それでも余はマルキュスへ会いに行っていただろうからな。なぁマキナ、他に不死の者はおらぬのか？」

「私の他にも不死狩りを逃れた者もいるのですが……最近連絡が取れなくなった者が多くいます。不死者の失踪が続いているのです。私の側近で、不死狩り後も連絡を取り合っていたオルナレッドとパームロックも失踪してしまいました。どこか別の所に隠れ潜んでいるのか、もしくは……」

「何か事に巻き込まれている……か。ではまだ不死狩りとやらは続いているのか？」

「いやぁ……もう何十年も前の話ですから……現在は当時のような偏見も薄れていますし、不死狩りは第二次都市戦争の前に終わっているはずです」

　語るマキナの声は暗い。

「……連絡が付かなくなった後、オルナとパームの部屋に行ってみたんです。そうしたら部屋に争った跡があり、走り書きのメモが残されていました」

「そこには、何と？」

「ただ一言、共通語《エルフご》で『不死炉』とだけ」

「不死炉……」

　聞き覚えのない単語であった。

「皆、無事であればいいのですが……」

　マキナは空を見上げる。

　彼女の言葉には気遣う色が感じられた。

　ベルトールが敗れてから五百年の間、苦楽を共にしてきた家臣達であり、仲間でもある。心配になるのは当然だ。

　しばらく歩いた後、マキナが歩みを止めた。

「ここが、私の今の家です」

　トタン屋根の箱型の住居が、鉄骨を支えに何個も縦に積み重なり、そこに粗雑な階段と通路が付けられているという簡素な集合住宅である。

　トーフ・ハウスを積み上げたトーフ・ハウス・アパートと呼ばれるものだ。

「ほう、趣はないが大きさだけはそれなりにあるではないか。この当世でこれ程までの居城を用意するとは、天晴《あっぱ》れなるぞ」

「あはは……」

建物全てが彼女の持ち家だと勘違いをしているベルトールに、マキナは苦笑いでしか返せなかった。

明滅する白色霊素反応灯《エーテルネオン》で照らされた錆《さ》びた階段を、音を立てて昇っていく。

その二階、鍵を開け、ドアノブを回し、軋《きし》む鉄扉《てっぴ》を開くと、トーフ・ハウスの室内が見える。

「物置にしても随分狭いな」

ベルトールは部屋を見回してそう悪意なく呟《つぶや》いた。

外から見てもわかる通り、トーフ・ハウスは非常に狭い。

狭い玄関にヒト一人通るのすら手狭な短い廊下、廊下の途中には小さなキッチン、その向かいにはユニットバスの扉。部屋の隅には小さな旧式の冷蔵庫、部屋の中央には丸テーブルが置かれ、ベランダ用の掃き出し窓の前に、布団《ふとん》が一枚敷かれている。

大凡《おおよそ》、彼の知る所の〝家〟とは掛け離れた小さな部屋である。

「いいえ……ここが私の部屋です」

「ん？　いや、それはわかるが、六魔侯とあろう者が身体《からだ》を休めるには――」

「違うのです。ベルトール様」

マキナは悲しげな笑みを浮かべて言う。

「私は今、ここで寝泊まりをしているのです」

ワンルームワンキッチン、ユニットバス付き。

それが魔王の腹心、六魔侯が一柱、煌灼侯《こうしゃくこう》マキナの居住地であった。

「ハハ、戯《たわむ》れはよせマキナ」

「戯れではございません」

はっきりとした口調で、マキナは言う。

「ここが私めの、城にございます。お給料が、安いので……」

不死である彼女は老いる事もない。

不死狩りから逃れるには住む場所を転々とする必要があり、各都市で書類を偽造し、出生を偽り、仕事に就く。そうしてどうにか安い賃金を得る。

一箇所にずっと留《とど》まれば老いぬ事が知られ、周囲に怪しまれる。故に時が経《た》てばまた別の、自身を知らない土地へと移ろわねばならない。特に不死狩り最盛期は短いサイクルで都市を移動する必要があった。

それは魔族である彼女には屈辱の日々であったに違いない。

「……」

ベルトールはそれ以上言葉が出なかった。

マキナの口調が、表情が真実だと、これ以上ないほど告げていたからだ。

いや、初めからベルトールはわかっていた。

彼女はこのような事を戯れに言う者ではないと。

ここには堅牢《けんろう》な城壁も、権威を示す玉座も、天蓋の付いたベッドも、豪奢《ごうしゃ》な家具も、数《あま》多《た》の従者も存在しない。ただただ空虚な彼女の城。

もはや、不死の王国の領地にあった彼女の城とはまるで似つかない見窄《みすぼ》らしいとすら言える狭い部屋。

「マキナ」

「はい」

「其《そ》の方《ほう》はずっと、このような暮らしをしていたのか?」

「……」

マキナは小さく頷《うなず》いて、一瞬だけ沈黙した。

「はい……」

「そう、か……」

マキナと再会するまでの五百年。

眠りについていたベルトールにとっては、つい先程の話だ。

だが彼女にとっては今までの生の中で、永遠にも等しい時間の積み重ねであったに違いないのだ。

彼女がその間、どれほどまでの屈辱を味わったのか、どれほどまでの辛酸を嘗《な》めたのかベルトールには想像が付かない。

いや、王たる彼には想像などできてはいけない。

できるはずもない。

王として、そのように生きてはこなかったのだから。

王である故に共感する必要もないのかもしれない。ただ、彼女がこの狭い部屋で過ごしていたという事実を知るだけで、得も言われぬ感情が去来した。

「すまない……」

だからベルトールはマキナのその小さな体を抱き寄せる。

今の彼に、彼女に対してしてやれる事など何もない。

褒賞も、栄誉も、今彼が与えられるものは何も持ち合わせていない。

「すまない、マキナ……随分、待たせてしまったな……」

ただ抱きしめて、謝罪するだけだ。

「ベルトール……様……」

マキナの小さな肩が震えている。

その震えを止めるように、ベルトールは腕に力を込めた。

「其《そ》の方《ほう》の真なる忠節、見せて貰《もら》った——大儀であった……！」

だが彼は、たった一人だけ残った忠臣の為《な》した偉業を心の底から褒《ほ》め称《たた》える。

それが今の彼ができる唯一であるのだから。

ベルトールの胸の中で彼女は泣いた。

五百年ぶりの涙だった。

「私めには……勿体《もったい》ない、御言葉です……」

彼は、腕の中で確かに輝くそれをまだ知る事はない。

雨音が、トタン屋根を叩《たた》く音がする。

第二章　魔王様、働く

マキナはファミリアのアラーム機能で目を覚ました。

ファミリアのアラーム音は空気を震わせるわけではない。霊素《エーテル》通信の応用で、《念話《ウィスパー》》のように脳内に直接響くのだ。よって、否《いや》が応でも目覚める事になる。

ここ数年は、目が覚めるのが億劫《おっくう》だった。数年どころではない、主《あるじ》を失ってからの五百年、憂鬱でなかった日などなかった。

だが今日は違う。

マキナは隣で眠る主を見る。今までなかった、自分とは違う温《ぬく》もりが今隣にある。

欠落していたものが埋められたような、どこか満ち足りた目覚めであった。

「エレキレイト」

自身のファミリアにインストールされているオペレート用人造精霊を、マキナは音声認識機能を使って呼び出した。

人造精霊とはファミリアと同じく、魔導工学の産物だ。人工的に製造した学習型精霊を情報化してファミリアやコンピュータにインストールした物であり、所謂《いわゆる》Artificial Intelligence――人工知能《AI》から派生、発展した代物である。

『おはようございます、マキナ様』

マキナの視界、網膜投影型仮想ディスプレイ上に、一人の少女が現れた。

長い銀髪をツーサイドアップにし、赤い瞳に白と黒のドレスを纏《まと》った見目麗《みめうるわ》しい少女だ。サイズとしては十五センチ程であるが、当然ながら人造精霊というのは情報の集合体であるので彼女自身に実体はなく――そもそも人造精霊には男女の概念すらないので〝彼女〟と呼ぶのも適切ではないのだが――この少女の姿は単なるアバターにすぎない。

彼女がマキナの人造精霊である。

『現在、統合暦２０９９年、竜《ドラゴン》の月十三日、時刻は午前六時三分。耐寒領域圏内の平均気温はマイナス二度、室内は十八度、相対湿度は62％、汚染霊素《エーテル》率は23％、です』

『そ、今日は暖かいね。エレキ、調子はどう？』

『現在ファミリアは通常モードで稼働《かどう》中、魔導記憶素子、量子演算処理素子、共に稼働状況は非常に良好です。エーテルネットワークへの接続も問題ありません』

『そうじゃないんだけど……まぁいいわ』

マキナの仮想ディスプレイ上にホログラムのニュース記事が表示された。

ファミリアに常時接続されているエーテルネットワーク上から、即座に人造精霊がいくつかのニュースサイトから記事を拾ってきたのだ。

（ＩＨＭＩ、陸戦魔導兵器〝強化鎧骨格《きょうかがいこっかく》〟の新世代型の開発を発表――戦争も終わったっていうのに、あんな物騒なもの新しく必要なんですかね……都市攻略戦ならまだしも、治安維持目的だとどう考えても過剰戦力なのに）

ニュース記事を指で捲《めく》って流し読みし、再び横で寝ているベルトールを見やる。

傷がまだ癒えきっていないのか、はたまた五百年からの眠りから覚めて疲れているのか、目を覚ます様子はない。

ただ安らかに、寝息を立てている。

五百年ぶりの主の寝顔を見て、マキナは微笑《ほほえ》んだ。

ベルトールと一緒にいられるという、その事実だけでマキナは幸せだった。

本当に《転輪の法《メテノエル》》は成功するのか、五百年間不安でしかたがなかった。

この王の存在こそが己の幸せそのものなのだと、マキナは心の底から感じ取っていた。

「ベルトール様……」

小さくマキナは呟く。

世界を支配するという崇高な目的も、マキナにとっては瑣末《さまつ》事だ。

ただ彼が望んでいるのだから、それを叶《かな》えたい。

この幸せが永遠に続けばいいのに。

マキナは祈るように手を組んだ。


「お、お出掛けをしませんかっ」

そうマキナが提案し、家を出た二人が訪れたのは環状線路の近くにある衣料品量販店『UNI4LO』だ。現想融合《ファンタジオン》前から存在する老舗である。

「兎《と》にも角《かく》にも、まずはベルトール様のお召し物が必要ですからね」

霊素《エーテル》で編んだ鎧《よろい》姿も、リバイバルブームのクラシックスタイルや、フルアーマータイプのマギノボーグと言い張れば新宿市では十分通るファッションではあるのだが、やはり日常生活を送るには物々しすぎる。

それに何より新宿市で防寒は必須だ。

(本当はこういう安い量販店じゃなくてもっと色々見て回りたいんですけどね……)

四階建ての量販店の中は広く、陽気なBGMが流れている。

二人は共通サイズのコーナーへと足を運び、品物を物色していた。

「申し訳ございませんベルトール様、もっと上質なお召し物をご用意するのが臣下の務めだというのは重々に承知しているのですが……」

「フッ、構わぬ。服で着飾るという行為はそれそのもの自体が主眼ではない。真に優れた美を持つ者であれば、安物であれその本質──つまり余の美が損なわれる事はない、むしろ安物であるからこそ際立《きわだ》つ」

つまり、と付けてベルトールは続ける。

「余の肉体を衆目に晒《さら》すに何も問題はない、という理論だな」

「いえ、そこは着て頂いて……」

──王の玉体を下々の者が拝謁する等、勿体無《もったいな》いがすぎます。

という言葉をマキナはなんとか飲み込んだ。魔王城にいた頃も我が王は何かと脱ぎ癖があったな、という封印していた記憶を再び埋葬する。

「ベルトール様、お召し物に好み等はございますか？」

「いや、マキナに一任しよう」

「御意のままに」

ベルトールの言葉に、マキナは内心悩んでいた。

王が着用する衣服の選別、大任である。みっともない格好をさせるわけにはいかない。

（とは言うものの私の懐《ふところ》事情では選択肢がそう多くないのもまた事実。値段、実用性、着回しの観点から考えると最良な物は――)

多角的な視点から総合的に判断したマキナが手に取ったのは、モノトーンのシンプルなジャージであった。

(い、いや流石《さすが》に魔王がジャージはまずいでしょう、ジャージは)

すぐにマキナは頭を振り、しかしチラと横目でベルトールを見ると、彼はまじまじとマキナの広げるジャージを食い入るように見つめている。

「――これだ」

そうベルトールは言った。

「これこそが余の求めていた究極の形……!」

「えっ、ですがこれジャー……」

マキナも流石にここまで食いつくとは思っておらず、やや困惑気味である。

「流石はマキナ、其方《そなた》に任せて正解だったな。シンプルかつ洗練されたデザイン、素晴らしい……それに余のいた頃の衣服より断然素材も縫製技術も向上しているようだ」

「べ、ベルトール様がこちらでよろしいのであれば……」

ついでに寒さを凌《しの》ぐ為《ため》のコートを一着マキナは見繕い、そのまま入口付近にあるレジまで持って行き、接客用マギノロイドに渡す。

「いらっしゃいませ」

接客用マギノロイドは、手早く衣服を袋へと詰めていく。

今の時代、大規模店舗での接客はマギノロイドが対応しているものである。

「ありがとうございました」

買い物袋を渡し、マギノロイドが一礼をすると、銀行口座から服の代金が支払われた旨《むね》の通知が、マキナのファミリアに即座に届く。

ファミリアを通してエーテルネットワーク上で決済が完了したのだ。

「それでは次に行きましょうか」

いいながらマキナは買い物袋を持って店から出ようとする。

「待て待てマキナ、まだ支払いをしていないのではないか？」

「あ、大丈夫です。電子貨幣で決済したので。新宿市は完全キャッシュレス社会なんですよ。この街には〝現金《キャッシュ》〟が存在しないんです」

「んん……？」

未知の概念に頭を捻《ひね》って唸《うな》るベルトールを微笑ましく思いながら、二人は店を出た。

「マキナ、荷物は余が持とう」

「いえ！　そんな……」

「よいのだ、これくらいはさせてくれ」

「で、では……」

袋を渡す時に、指が少し触れ合った。

ただそれだけでベルトールがここに存在しているという事が実感できて、叫びたくなるような、泣き出したくなるような、力いっぱい抱きしめたくなるような衝動に駆られる。

（ああ、五百年長かったなー……）

主不在の五百年は、あまりにも彩《いろど》りがなかった。

《転輪の法《メテノエル》》が本当に成功するのかどうかという不安はあったが、それだけを生きる糧《かて》としてベルトールとの再会を待ち望んでいた。

だからこそ今この瞬間、この時代をベルトールと共有できている事が嬉《うれ》しかったし、彼と出会えてよかったとも思える。

（そう、私はあの時本当に産まれたんだと思う）

マキナは今よりも遥《はる》か昔、魔王ベルトールと初めて出会った頃の事を思い出していた。

マキナ＝ソレージュが生まれたのは、かつてのアルネスに存在したヴァンフォール王国領南部の山岳地帯であり、住民がイグニアのみで構成される小さな村であった。

イグニアは人間とほぼ同じ見た目をしており、黒髪に黒い瞳、褐色の肌で、魔力を起動すると火と結びつきの強いその体質から、髪と目が赤く染まるという特徴を持っている。

しかし、その中でマキナは銀髪に薄紅色の瞳、そして白い肌をしていた。

同じ種族でも見た目が異なる彼女を周囲は気味悪がり、醜いと陰で囁《ささや》き、蔑まれ、異端の子と呼ばれていたのである。

そんな彼女が偶然にも森で助けた『不死鳥』から祝福《のろい》を授かり、『不死』となった事で村の住民から排斥されるのはごく自然な事であった。

様々な処刑方法を試されたマキナであるが、当時の、しかも辺境の技術では終《つい》ぞ彼女を滅ぼすには至らず、火山の火口にその身を落として処刑される運びとなった。

そして処刑が執行されるその時だ。


——黒い風が吹いた。


マキナはその時の光景を、魂が朽ちて果てるまで忘れる事はないだろう。

風は男であり、黒髪であり、黒装束であり、黒い剣を携えていた。

自分を殺すはずだった村人たちは皆、倒れ伏している。

火の粉が舞う。

長い黒髪と外套《がいとう》が熱風に煽《あお》られ、靡《なび》く、悪夢のような光景、悪鬼の如《ごと》きその風貌。

しかし、彼女の世界を救う者を見た。

「不死がいると噂《うわさ》を聞いて来てみれば……なるほど、余は随分と上玉を引いたようだ」

男が不敵な笑みを浮かべながら言う。

「余の姿が恐ろしいか？　女」

「はい……」

男の言葉にマキナは頷《うなず》いた。それ以上の言葉が恐怖で出てこなかったのだ。

背筋が凍える程のその美貌、心臓を射抜くようなその眼差《まなざ》し、暴力と畏怖が形となったかのような、だが高貴さを思わせるその出《い》で立ち。

瞬《まばた》きすらできずに恐怖していた。

男はマキナの頬に指を這《は》わす。

「――美しい。まるで煌《きら》めく灼熱《しゃくねつ》の太陽の如き魂の輝き。ここで滅ぶには惜しい」

生まれた時から醜いと蔑まれてきた少女に、男はそう投げかけた。

「余は魔王ベルトール、いずれ世界を支配する男だ。来い、女。その身、その魂、余の為に尽くせ」

そう言って、魔王は彼女に手を差し伸べた。

それが、彼が彼女に下した初めての命であった。

少女の心に原初の火が灯《とも》る。

あるいはそれは——恋という名の。


「なぁ——なぁ、マキナ」

思い出に浸っていた思考を、ベルトールの声で引き戻された。

「は、はい！　なんでしょう？」

「ファミリアというのは……その、どうなのだ？」

「えっと、どう、とは？」

「マルキュスの叛意《はんい》はともかく、ファミリア自体が画期的な代物であるというのもまた事実。それで、やはり気になってしまってな……」

「ん——……そうですね。やっぱりすごく便利ですよ。勤務中にネット見れますし、元々アースに携帯通信端末は存在していたみたいですが、物理的に手に持つ必要があるのとないのとでは、利便性は大きく異なるらしいです」

「ふーむ、少し触るぞ」

「え？」

不意にベルトールがマキナの首筋に手を伸ばし、マキナは反射的に身を竦《すく》めて彼女の想定していなかった声が出た。

「なっなななな何を」

「動くな」

「はっ、はぃ！」

マキナは目をぎゅっと瞑《つぶ》り、握りしめた両手を胸に当てて身体《からだ》を強張《こわば》らせて停止する。

細くしなやかな指がマキナの髪を撫《な》で、首筋に触れ、ファミリアを這う感覚が伝わってくる。

（こんな白昼堂々路上……⁉　しかしベルトール様の命は絶対……！　致し方なし！　ええ、仕方なしですとも！　拒む理由もありません……！）

彼女の決意とは裏腹に、ベルトールはあっさりと手を離した。

「もういいぞ」

「えっ、あっ、はい……というかファミリア見たかっただけなんですねー……ねー……」

「首の後ろに付いていると邪魔じゃないか？」

「最初の頃は違和感ありましたけど、今はもう慣れました」

「慣れた、か……」

噛《か》み締めるように、ベルトールは言葉を反芻《はんすう》する。

「はい。これを付けていないと、生活もままなりませんからね……まあ付けていてもご覧になられた通りなので、生活が良くなるというわけでもないのですけど……」

暫《しば》くの沈黙のまま歩みを続けていると、ベルトールが口を開いた。

「仕事をする」

ベルトールはマキナに向けてそう言い放った。

「え、ベルトール様、何を……」

「仕事をすると言ったのだ」

「ベルトール様がそのような事をなされる必要はございません！　今は斯様《かよう》な生活を強いてしまっていますが、もっといい生活をさせて見せます！　ええと、具体的にはこれからはシフトも多くいれて、より収入を……」

「時代は変わる、余とて全知全能ではない。いや、全知全能と謳《うた》われた神々ですらこの八十年の変化は予想も予知もできなかったであろう。久遠《くおん》の時を生き、その伝統を重んじてきた我々――いや余であるが、変わらねばならぬ時がきたのかもしれんな」

「……」

「それに、何よりマキナだけを働かせて余は衣食住を提供されるだけ、というのも据わりが悪いというのもまた事実だ。王としての執務がない以上は余も労働に従事せねばなるまい。今や魔王軍は我ら二人だけなのだしな」

「ベルトール様……」

「勘違いするなよマキナ、余とてこの手で世界を支配する事は諦めてはいない」

「わかりました……！　このマキナ、命ある限りベルトール様にお供させていただく所存にございます」

命ある限り。

それは不死にとっては、永遠の忠誠を誓う言葉だった。

◆

二人は買い物の後、自宅に戻りベルトールは買ってきた服へと着替えを済ませた。

頑《かたく》なに付いて来ようとするマキナを説得し、ベルトールは一人新宿の街へと出る。

仕事をする、などと言ったものの、ベルトールはそもそもどうすれば仕事に就けるのかもわからないし、どんな仕事があるのかもわからなかった。

長いこと王としての政務を執り行っていた為《ため》の弊害である。

だがそれをマキナに今更聞くのも、先刻見栄《みえ》を張ったというのもありベルトールのムダに高いプライドが邪魔をした。

更に自信過剰な性分であり、自分であるならば仕事を見つける事ぐらいわけもないという確信が漲《みなぎ》っていた。

結果として、今こうやって新宿市の街を、職を求めてぶらぶらとほっつき歩いているのである。

細い路地の入り口を通りがかった時に、酒やタバコの臭いに紛れてふと食欲をそそる香りが鼻腔《びこう》をつく。

路地裏を見やると日本語で『うどん』と書かれた赤い提灯《ちょうちん》を何個もぶら下げた屋台が出ており、そこでオークやゴブリン等が肩を並べて湯気の立ち上る丼を持って何やら麺類を啜《すす》っているのが見える。

「うまそうだな……なんだあれは……」

ベルトールが見ているのはウドン屋であった。

従来の小麦粉で作られたものではなく、大豆が原料のソイ・ウドンだ。現想融合黎明期《ファンタジオンれいめいき》、深刻な食糧難に陥った時期にこの列島を救ったのは、少ない労力での大量生産法を確立した大豆である。

そして大豆の使用用途は幅広い。食物から果ては燃料にまで使われ、共通語《エルフご》で『命の豆』とも呼ばれるに到《いた》った。

ウドンは今やこの列島のソウル・フードとなっている。

この路地はどうやら出店が多く出ているらしかった。

ウドン屋やオーク式焼き鳥屋や立ち飲み屋、スシ・バー等が並んでおり、どれも美味そうな匂いを立ち上らせ、鼻腔をくすぐる。

そんなものだから狭い路地裏は更に手狭になっており、ようやくヒトが通れるといったところだ。

「腹が減ったな……これほどの飢餓感を覚えるとは、やはり信仰力の低下は著しいか……だがこの感覚も随分と久しいな」

空腹に鳴く腹を抑えてひとりごちる。

朝に食べたパンとスープだけでは当然腹は満たされておらず、昼食もとらずに出てきてしまっていた。何を見ても美味そうに見える。強い不死であればあるほど、痛みは鈍化するものであるが、それは飢えや渇きも同様だ。

飢えで死ぬ事はないが、久しぶりに覚えた飢餓感とそれを煽る匂いによる誘惑は如何《いかん》ともし難《がた》かった。

金を持っていないというわけではない。

マキナからは電子マネーの入った携帯情報端末——ＰＤＡを預かっており、使い方の説明も聞いてはいるが、使いあぐねていた。

この小さな機械の中にお金が入っているとは、金貨や銀貨といった貨幣を使っていた彼からすれば信じられないような事なのだ。

電子情報としての金銭取引という馴染《なじ》みのない概念にどうしたものかと思案しながら行く当てのない歩みを続ける。

新宿市内で仕事も住居もないルンペンは珍しくもなく、こういった通りにも数多く見受けられた。

「あん？　いやそうじゃねえって。いや、そっちはいい、バニーボーンに任せてある。ああ、ああ。よろしく頼む。くれぐれも慎重にな。いや、お前の腕は疑ってねえよ。ああ、機密情報取り扱うんだしな」

オークのルンペンの男が戦中の遺物である公衆通信端末に齧《かじ》りつくようにして誰かと通話をしている。

猫型獣人《セリアン》のルンペンの女が何をするでもなく街灯の下で呆《ぼう》っと曇天を見上げている。

犬型獣人《セリアン》のルンペンの男が座り込み、『戦争で足を失い、義肢が買えず仕事を受けられません、お金を恵んで下さい』と汚い共通語《エルフご》で書かれたボードを横に置いている。

「……」

ボードを横に置いたルンペンを見てベルトールは思考を巡らせる。

あるいは、これまでのベルトールであればルンペンを憐《あわ》れんだり、蔑んだりといった感情を抱いたのかもしれない。

彼らの行為に、嫌悪《けんお》感を抱いたかもしれない。だが今は違う。

ベルトールはマキナの姿を思い浮かべる。彼女の過ごしてきた日々を思えば、自らの矜持《きょうじ》は道端に捨て去っても構わなかった。

ベルトールは男の隣に立ち、大きく息を吸い込んだ。

「仕事はないか！」

ベルトールはなるべく大きな声を出して、周囲に仕事がないか呼びかける。

戦中は自軍の士気を高めるために戦鏑声《ティ・セム》や演説を行っていたので、魔法を用いずともよく通る発声法を独学で修めていた。

「金が無い！　なので今仕事を探している！　何ができるか保証はできないがなんでもや

るぞ！」

　何事かと一斉に通行人がベルトールの方を見るが、変なものを見る目でベルトールを一《いち》瞥《べつ》するだけで、それ以上の反応はせずに無視して通り過ぎていく。

　ボードを置いているルンペンが迷惑そうにベルトールを見ていた。

「おいおいおい」

　ベルトールが再び声を出す前に、公衆通信端末で通話していたルンペンのオークの男が通話を切って慌てたように食って掛かる。

　見た目はボロ布を纏《まと》ったその辺りのルンペンとそう違いはない。だがベルトールはそのオークの血色や肉付き、歩き方や呼吸から、彼が他のルンペンよりも健康状態が非常に良好だという事に気が付いた。

「あんた何してんだここで」

「仕事を探している」

「仕事？」

「ああ」

「市民ＩＤ持ってれば商工ギルドに行けばいいだろう。まぁ今の御時世の就職率と失業率考えたらろくな仕事もねえが……」

「しみんあいでぃー？　何だそれは」

「はぁ、兄ちゃん市外から来たのか？」

「いや、五百年前から来た」

ベルトールの言葉に、男は眉間にシワを寄せて何を言ってるんだこいつは、と表情で如《にょ》実《じつ》にそう語っていた。

「はぁ？」

「いや、なんでもない忘れてくれ」

「まぁ兄ちゃんがどっから来たのかとかはどうでもいいんだが、ここは俺らのシマだからよ、あんま勝手なことしないでくれねえかな」

「シマ？」

「縄張りのことだ。俺らみたいな落伍《らくご》者にもルールってもんがある、そこを荒らされちゃあ商売上がったりだ」

「商売しているのか？」

「兄ちゃんはこの辺のモンじゃねえから教えてやるが、ここには俺みたいなこういうビジネススタイルの奴《やつ》がそれなりにいるんだ。他者から金を恵んでもらって日銭を稼ぐっていうスタイルだな。まぁ……俺の場合は本当の仕事が別にあるんだが……」

「物乞いか。儲《もう》かるのか？」

「ま、ぼちぼちだな。俺はまだ優しいが、縄張り意識が強い奴も多い、他の連中にしちゃあ生きるか死ぬかの食い扶持《くぶち》だから当然だ。そんなわけで他んとこでもさっきみたいな事やらないほうが身のためだぜ」

「そうか……」

「仕事探してんならもっと別んとこ行ったほうがいい」

「ああ、わかった。すまないことをした。ありがとう」

「おう。っと、待て兄ちゃん。あんた履歴書持ってるか？」

「いや、持ってないが」

「だろうな。ほれ」

男はくしゃくしゃになった紙を一枚、ベルトールに手渡してきた。

「なんだこれは」

「なんだ見たことねえのかよ。これが履歴書だ」

「ほう？」

「自身の経歴を記して、雇う側が審査するための書類だな。アースの、その中でも日本人は特に重要視する代物だ。なんでも昔からの伝統、とかなんとか。俺ぁくだらねえもんだと思うがね。これ持って商工ギルドの職業案内所に行けばもしかしたらなんとかなっかもしれねえ」

「なるほど、かたじけない。恩に着る」

「通りにカネヤスって廃品回収屋のでっけえ看板出てるビルあんだろ？　あんだよ、そこの四階がここらで一番近い商工ギルドの事務所だからそこに行きな。ああ、それと」

それまで柔らかかった男の口調が、急に真剣さを帯びた。

「ＩＨＭＩ系列の会社はやめときな」

「ＩＨＭＩ……マルキュスの所か。何故《なぜ》だ？」

「あんまいい噂《うわさ》を聞かねえからよ。まぁ、単なる老婆心だ。特にＩＨＭＩの土建関連だな。つっても、この街でＩＨＭＩ系列を候補から外すと大分選択肢も狭まっちまうがね」

「忠告痛み入る」

男に礼を言って、ベルトールはその場を後にする。

その胸には希望と、熱い就職意欲が燃え上がっていた。

◆

「……」

「……」

　密室に沈黙が流れている。

　ここは商工ギルドの応接室。今は冴《さ》えない日本人の採用担当面接官と、《翻訳》の魔法を付呪したベルトールが長テーブルを挟んで向かい合って座っている。

　ベルトールが家から出る際にマキナから、誰かと話す時は王としての威厳は隠したほうがいいと言われていた。

　大分柔らかく言い換えているが、要するに定命の一般人に合わせろという事だろう。

　そしてそれはベルトールとて重々承知している。

　自身の知る限りの極力『普通』をイメージして臨んでいるのだが、元来彼の持つ威厳というものは抑えようとして抑えられるものではなく、そこにいるだけで場に強い緊張感をもたらしていた。

「あ、あの……ベルトールさん」

「何だ？　どうした？　何でも聞くが良いぞ、許す」

　採用担当者もこの狭い応接室で、ベルトールからひどい圧迫感を受けて脂汗をかいている。最早《もはや》どちらが面接官なのかわかったものではなかった。

「えーと、特技にデル・ステルとありますが」

「うむ、《滅星《デル・ステル》》だ」

「《滅星》とはなんの事ですか？」

「広域殲滅《せんめつ》魔法だ」

「えっと、一体それはどういう……？」

「広範囲に渡って敵軍の主戦力を一瞬で滅却する事ができる」

「そうですか……」

「うむ。しかし余の習得している魔法の中でも秘奥《ひおう》中の秘奥、相応の魔力を消費する。恥ずかしながら今は魔力が足りずに使えんがな」

「……」

「……」

沈黙。

「……他にも軍隊の戦術、戦略指揮とありますが」

「ああ、大軍の統率を取るのは得意だな。作戦目標を完遂する事に関しては右に出るものはいないと自負している。大陸暦七二三年、オーベオールの戦いの例を挙げるまでもなく、幾度も輝かしい戦果を挙げている」

「オーベ……何？」

「オーベオールの戦いを知らないだと⁉」

「は、はぁ申し訳ございません不勉強で……それでこの実績欄の『ヴォーンハイグ聖域ダンジョン建築』とは……？」

「うむ。余が作り上げたダンジョンの中で一、二を争う出来のダンジョンだな。ただ攻略難易度を高く設定したわけではない。難しいだけのダンジョンは三流の作るものだ。限りある人材、予算を効率的に、だが遊び心は忘れずに作り上げた珠玉の逸品である」

「……」

「……」

再び沈黙。

「えー、職歴の欄に『王国運営』、とありますが……」

「うむ。約千年の間、一国の主《あるじ》をやっていた。国策上戦争は多かったが、民は皆幸福の義務を全うしていたと報告では聞いている」

「はぁ……えっと、それとですね……」

「なんだ？」

「空白期間が、その……」

「何か問題が？」

「えー、五百年間の空白期間があるとのことですが……その、五百年ですか？　五年ではなく？」

「うむ。間違いなく五百年だな。だが体感では一日も空白がないのでそこは心配する必要はないぞ」

ベルトールは確かな手応えを感じていた。

採用担当者に自身の価値をこれ以上なく披露できたからだ。

「えー、ベルトールさん」

「うむ」

「申し訳ございませんが……不採用です」

「何故だ⁉」

ベルトールは椅子から立ち上がり、面接官に詰め寄る。

己の全てを出し切ったのだ、納得がいかなかった。

「この履歴書とその……面接の内容では……申し訳ありませんがちょっと……採用は難しいですね……それに――」

「それに？」

「当社はファミリア未装着の方は採用していないのです」
◆
「な、なぁ、マキナ」

「はい、なんでしょうベルトール様」

「もしかしての話だ、いや、余に限ってそんな事は微塵《みじん》もないとはわかっているのだが、一応確認させてくれ」

「なんです？」

「もしかして、余ってこの時代では何もできないのでは……？」

あの後六度の面接を受けて全て落とされたベルトールは、マキナの膝の上に頭を乗せてかつてないほどに落ち込んでいた。

己の自尊心、プライド、王としての威厳、そういったベルトールを支えていたものが、就職活動において粉々に打ち砕かれたからだ。

自身の才覚であるならば、只人《ただびと》の仕事などコボルトの尻尾を摑《つか》むが如《ごと》き容易《たやす》さでこなせるという自負があった。

文明レベルが急激に上昇し、己のいた時代よりも高度で複雑な業務になろうとも、己であればすぐに慣れるだろうという自信もあった。

だが仕事をする以前の問題で、その仕事を得る事すらできなかったのだ。

要するに鼻っ柱を叩《たた》き折られたのである。

マキナはベルトールを心配して、早めに仕事を切り上げて戻ってきていた。

現在は午後四時、マキナ宅。日暮れには少し早い時間だ。

「自信なくなってきた、余……」

「ベルトール様⁉ そんなに落ち込まないでくださいませ！ 所詮は矮小《わいしょう》で愚劣な定命の者共にベルトール様の偉大さを推し量る事など不可能なのです！ その真の価値など理解できようはずもございません！」

「う、うむ……そうかな、そうかもな……」

「そうですとも！ このマキナが保証します！」

「そ、そうか……」

「そも、ベルトール様は他者の上に立つ存在、誰かの下につくなどというのはエルダードラゴンがスライムに飼われるが如しです！ まだ当世にも慣れておられないでしょう。やはりベルトール様は大人しく座して待っていてくだされればよいのですよ」

「しかしだな……なあマキナ、この世界で誰か相談できる者はおらぬのか？」

食い下がるベルトールの言葉に、マキナは眉根を寄せ、何事かを思案する。

「うーん、一応いるといえばいるのですが……そうですね、あまり気乗りのしない相手ではありますが、知己の知恵者に力を借りることにしましょう」

「ほう、マキナがそう言うのであれば優秀な人物なのだろう。それより当世でマキナに友人がいて少し安心したぞ。其方《そなた》はあまり他人と絡《から》まないからな」

「友人と言いますかー……ただたまに一緒にお買い物に行ったり一緒にご飯に行ったり一緒に遊んだり一緒にお泊りするくらいの仲ですね」

「それを一般的には友人関係というのではないのか……？」

「そういう説もあります。ちょっと待っていてくださいね」

マキナがファミリアで件《くだん》の知り合いにメッセージを送信する。

「近くの喫茶店に呼び出しました、すぐに来ると思いますけどコーヒーでも飲んで少し休みましょう」

二人は家を出た。

マキナとベルトールが向かったのは、自宅からほど近い場所にある喫茶店と酒場の中間のような飲食店だ。

この辺りにしては珍しく落ち着いた雰囲気の店であり、今では貴重な木造りの古い扉を開けると、入店を告げるベルの音がカランカランと鳴った。

店内は狭く、二人がけのテーブル席が二つに、カウンター席が四つのみだ。

心地よいオーク・ジャズが流れている。

客はテーブル席に座る二人だけ。ハンチング帽を被《かぶ》った犬型獣人《セリアン》が二人、店内に入った二人をちらと見やり、すぐに視線を外した。

カウンターの奥には、初老のオーガの店主が暇そうに合成タバコを吹かしている。

二人の入店に気付いた店主が気怠《けだる》げに視線を向けて、軽く手を挙げた。

「よお、マキナか」

「こんにちは、マスター。調子はどうですか?」

「ま、ぼちぼちってとこだ。珍しいな、マキナがあのバカ以外連れてくるなんて」

「ええ、今日はちょっと」

マキナとベルトールは、カウンターの右から二番目と三番目の席にそれぞれ座った。

店内はアルコールの香りと、ほんのりコーヒーの香りが漂っている。

「何にするね」

「じゃあ、コーヒーを二つ」

注文を聞いた店主がコーヒーを淹《い》れる準備をする。

「おまちどう」

二人の前に、コーヒーの入ったカップが置かれる。

この店で扱っているのは純正のコーヒーではない。今はコーヒー豆が稀少《きしょう》で、これは似た味と香り付けがされた合成コーヒー粉を溶かした物だ。

二人はゆったりと流れる時間と音楽を楽しみながら、コーヒーを飲み干す。

カップの熱が冷えて来た頃である。

「ハロハロー！　ごっめーん！　遅くなったー！」

勢いよく扉を開き、転がり込むように入ってきたのは東洋系の少女であった。

「あれ？」

「うん？」

少女とベルトールは顔を見合わせる。

互いに知った顔だったからだ。

「あ！　こないだの！」

「この前の……」

黒髪に赤のメッシュ、ドワーフ・ジャケットにチャイナ・ドレス、頭にはサングラス。

ベルトールが復活した初日に出会った、霊the窴士《エーテルハッカー》の少女であった。

二人の様子を見ていたマキナが、恐る恐る口を開く。

「あの、お二人は知り合いなのですか？」

「うむ、以前少しな」

「そそ。ちょっとだけね、ナンパされたの」

「えっ⁉　ベルトール様⁉」

「馬鹿を言うな。少し話をしただけだ」

「へへっ、てか、あん時魔王って言ってたのマジだったんだ。あ、あたし高橋《たかはし》っていうの、よろしくね。はじめまして……じゃないもんね」

高橋と名乗った少女は、ベルトールの隣の席に座り、人懐《ひとなつ》っこい笑顔を浮かべて馴《な》れ馴れしく彼の肩を叩いた。

「ちょっと高橋、無礼ですよ！」

「いやよい、今は余が彼女に請《こ》う立場なのだからな。よろしく頼む、高橋」

「高橋、くれぐれも失礼のないように」

「んじゃ、友達の友達だから今からあたしらも友達ってことで。よろしくベルちゃん」

「たーかーはーしーっ！」

マキナが眉を吊《つ》り上げて高橋を叱責する。

魔王

である。

ちなみにベルちゃんとは、伝説の魔王ベルトールをネット上で語る際のスラング的愛称
　これほどまでにマキナが感情を表に出す相手というのは、ベルトールの知る限りではそう多くはなかった。

　良い友人関係を築けているのだな、と安堵《あんど》と共に嬉《うれ》しい気持ちになる。

　この世界で、彼女は孤独ではなかったのだ。

「二人はどうやって知り合ったのだ？」

「ん？　ネット」

「高橋、余計な事は言わなくていいんです」

「まあまあ、よいではないかマキナ。高橋、聞かせろ」

「うい。最初に会ったのは確か、ネットの魔王モノ関係の同人の――」

「同人？」

「ごめん忘れて。えーと、まぁそういう創作関係のアバターチャットで知り合ったのよね。マキナそこの最古参でさ、それで意気投合。住んでる場所が新宿だったから二人でオフ会して、んで仲良くなって今に至る、と」

「ま、まぁ……概《おおむ》ね間違いではないです」

「あ、ちなみにマキナとベルちゃんが不死っての知ってっから。大丈夫、あたし戦後世代だから不死狩りは否定派だし、そもそもマキナと仲良いからそういう偏見とかないんで」

「そーゆー事は言わなくていいんです！」

二人は仲良さそうにベルトールを間に挟んで言い合っている。

その様子を見て、ベルトールは確かに二人が不死と定命という垣根を越えた友人関係を築けている事に小さく微笑《ほほえ》んだ。

「んでベルちゃん、つかぬことを聞くけどー、男の人……だよね？　流石《さすが》にね？」

「無論、男だ」

ベルトールの言葉に、高橋はジロジロと上から下まで舐《な》めるように眺める。

「まぁ、そうだよね。化粧したら女の子って言っても通じる美貌ではあるけど……」

「何故《なぜ》余の性別を？」

「いやー、魔王ベルトールったら第六天魔王織田信長《おだのぶなが》と同じくらいこの島だと人気あるキャラだからさー創作物でよく女体化されてるっていうかむしろ昨今だと女性説の方が根強いんだよねー」

「ほう」

「長い髪に美貌って文献が残ってるからさ、そこから女性説が出てるんだよ」

「そうなのか？」

ベルトールはマキナへと問いかける。

「ええ……まぁ……そういうのがないわけではありませんというか……多いには多いですね、ええ、はい。まぁそういった間違った知識、解釈違いは毎回抗議文を提出させてもらっています。３００ギガバイト程度ですが」

「こわー。まぁマキナから『ベルトール様がそろそろ復活なされるんですよ～』って聞いてはいたんだけど、実際にこうして見るまではちょっと半信半疑だったんだよね。でも実際見て、見た目とかオーラとか、何よりマキナが言うからには本物だって信用するよ」

「その割にはずーっと『いーや、ベルトール女説を断然推すね！』とか言ってたじゃないですか」

「だってそっちの方が面白いじゃーん」

そう言って、高橋は後ろ髪を手で払った。

そのうなじに、ちらと黒い金属片、ファミリアが付いているのが見えた。

「高橋、少し失礼するぞ」

「はぇ？」

ベルトールは手を伸ばし、彼女のうなじにあるファミリアに手を触れた。

一見すると、ベルトールが高橋を抱き寄せようとしているようにも見える。

「ふむ……」

「ちょ、ちょっとベルちゃん⁉　ベルトールさーん⁉　ねえちょっとマキナ！　どうなってるのこれ！」

「わ……私もしてもらいました！」

「え？」

据わった目でマキナはじっと高橋を睨《にら》みつけている。

その目の奥に、嫉妬の炎が揺らいでいるのを高橋は確かに見た。

「私の方が先にしてもらいました！」

「ちげーよ馬鹿この馬鹿！　今そういうのいいから！　ちょっと、ベルちゃん⁉　一体何を──」

全身を硬直させている高橋から、ベルトールは手を離す。

「不躾《ぶしつけ》にすまない。マキナと違うファミリアを付けていたのでな。動作や構造に違いがあるのか探っていた」

ベルトールの言う通り、マキナと高橋では付けているファミリアの形状が違う。ファミリアは開発元でシェア№《ナンバーワン》1のＩＨＭＩからだけでなく様々なメーカーから販売されており、その形状や性能もメーカー毎《ごと》に違ってくるのである。

「ま、マキナのより性能いいの使ってるからね〜。てか探ってたって……解析してたって事？　そんなのできんの？」

高橋の疑問も当然だ。

通常、魔導具《マギノ・ガジェット》の動作や構造の解析というのは、専門の知識を持つ者が専用の設備のある施設でようやく行える。魔法を構成する術式というのは目で見たり手で触れたりして理解できるようなものではない。

古代の魔導具《マギノ・ガジェット》ですら生半可に解析できないのに、企業の機密の塊であり術式が暗号化された魔導機械であれば、何をか言わんやである。

高橋からすればベルトールの言う事は妄言も甚だしく、冗談でも笑えないものだ。セクハラの言い訳の方がまだ理解できる。

何を言っているんだこいつ、という当たり前の疑問を視線に乗せているのに気付いたマキナが、慌てて横から説明に入った。

「《賢者の慧眼《けいがん》》です」

「なにそれ」

「高橋は特異技能、というものを知っていますか？」

「あー、《天剣の才》とか《第六感》みたいな？　創作の中だけのもんだと思ってたけどあるんだ実際」

「ベルトール様が今行ったのはそういった特殊な技能の一つ、《賢者の慧眼》。触れた物の魔力の流れから動作を直感的に理解できるんだそうです。極度に高い霊素《エーテル》や魔力の感能力が為《な》せる代物ですね」

「高い感応力か、なるほどね。だからあん時あたしがハッキングしてたのわかったんだ」

やはり懐疑的な視線を高橋はベルトールに送る。

「魔導機械ではまた勝手が違うから、通常の魔導具《マギノ・ガジェット》のようにはいかぬがな。それでもファミリア内で何が起こっているのかはマキナと貴公のファミリアに触れて大凡《おおよそ》はわかった。だが、何をしているのかが余の技能を以《もっ》てしても未《いま》だ解析しきれない部分がある。マルキュスの偉業は認めざるを得んな。この機械は今の余では理解しきれん代物だ」

ベルトールはファミリアの基本的な構造と動作は大まかではあるが、把握する事に成功していた。

まず基礎として脊髄と本体を、疑似神経で接続するためのナーブコネクター。

そしてコネクターを皮脂や汗といった汚れや、衝撃から保護するプロテクトカバー。

最後に本体である演算装置のファミリア。

この三種から構成されるものを一般的に《ファミリア》と呼んでいるのだ。

そしてそのファミリアを動かしている基礎術式《プログラム》は——現代の魔導具《マギノ・ガジェット》全てに共通するが——呪文《コード》によって構成されており、非常に複雑緻密に絡《から》み合った複合魔法であるという事、そしてファミリアの中心で行われている術式の作用がベルトールにもわからないという事がわかった。

「そりゃあクァンタムコアを触っただけで解析されたら世の技術者はたまったもんじゃないでしょうね」

「なんだそれは？」

「量子演算処理素子の事、量子力学的な重ね合わせを用いた演算術式を行う所だね。ファミリアをファミリア足らしめている重要な部分」

「……どういう事だ？」

「あたしも全く専門じゃないからわかりにくいかもだけど、もんのすごくざっくり説明すると、コインの表と裏が同時に存在している状態を量子力学的、情報魔導学的に観測、計算、立証するのがファミリアの核である演算素子、クァンタムコアのお仕事」

「コインの、表と裏が同時に……重ね合わせ……」

高橋の言葉を聞いたベルトールは口元に指を当て、難しい顔で何かを考え込み始めた。

「って、そんな話をしにあたしを呼んだわけじゃないっしょ？」

「あ、ああ」

ベルトールはまだ何か頭の隅に引っかかる思考を無理やり修正した。

「私が高橋を呼んだのは、ベルトール様に仕事を紹介してもらいたいからです」

「仕事？　なんでもいいなら商工ギルドで紹介してもらえば？」

「うむ、その商工ギルドに赴いたのだがな。履歴書や面接は完璧だったのだが、ファミリアがないからと突っぱねられたのだ」

「えっ、ベルちゃんファミリアないの⁉」

「諸般の事情でな。付けられんのだ」

「はぇー。うーん、そうなると難しいな。今の世の中、何するにしてもファミリアは必須だからねえ。それがないってだけで大分仕事の選択肢狭まっちゃうよ」

やはりファミリアか、とベルトールの胸に暗澹《あんたん》たる思いが渦巻く。

金や時間の問題ではなく、そもそも付けられないのだ。

「単純に通信機器として便利なアイテムってだけじゃなくて、本当に偽りなく人権みたいなものだからね、今の新宿でのファミリアの有無って。就職するのにも身体的、宗教的理由でファミリアを付けられないヒトに配慮して募集要項に記載されてないだけで、暗黙の了解で絶対必須だし、市民ＩＤも個人と紐《ひも》付けがめんどくさくなるからファミリアあるとないとじゃ発行に掛かるハードルが段違いだし、他の行政サービスだの医療サービスだのも違ってくるし……」

「どうにかならないか？」

「そうだなぁ……あたしの所見だけど、ベルちゃんってあんま他人の下について働くって感じじゃないよね」

「はい、それは私もそう思います」

「他に何か要望みたいなのってある？」

「そうだな……できれば余の存在が人々に広く知れ渡るようなのが良い。さすれば信仰力にも影響し、失った力も取り戻せるだろう」

「つまり知名度を上げるって事ね。学歴不問、職歴不問、ファミリアの有無不問、となると、ファミリアを使わないネット関係が良さそう。知名度も上がるし……声が良くて顔も良い……でも当然ゲームなんてしたことないだろうし……いや、待てよ？　逆にそれを利用して……そうね、例えば――」

◆

「こんばんモータル～、どうも一定命の者共、生の苦しみ味わってる？　魔王ベルトール＝ベルベット・ベールシュバルト、即《すなわ》ち余である」

机の上には、ミネラルウォーターが入ったペットボトルが一本、エーテルネットワークに接続されたタブレット型ＰＤＡが一枚、ＰＤＡからはホログラムモニタが宙空に二枚投影されており、一枚はゲームの画面、もう一枚は配信サイトのコメント欄が表示されており、ＰＤＡには定点カメラとマイク、そしてコントローラーが有線接続されている。

ベルトールは、ゲーミングチェアに座り、マキナに買ってもらった上下ともに黒いジャージを着ており、その下には日本語で「魔王」の文字がプリントされた白いシャツが一枚。シャツを見せびらかすように胸元を開けている。

「さて『ブラッディスピリット３』の前回の続きから始めていくぞ。多分今回で最終回になるかな？　わからん。かなり高難易度のゲームだからな、最後まで気を抜かずに行くから、皆の者付いて参れ」

コントローラーを握って、ゲームをスタート。

現実と見紛《みまご》うばかりの美麗なゲーム画面がモニタいっぱいに広がっている。

ゲーム内の甲冑《かっちゅう》に身を包んだキャラクターを操作しながら、ベルトールは三ヶ月前の、高橋との会話を思い出していた。

「例えば――ライブストリーマーとか」

「ライブストリーマー？」

「そ、ゲームプレイを配信したり、雑談したり、後歌ったりとか？　あたしゲーム系のストリーマーしか見てないけど。それで投げ銭とか広告収入で生計立てるの。有名になるとタレント業的な仕事も入ってくるね」

「ほう、よくわからんが余でもできるのか？」

「簡単簡単、機材もちょい古いのだけどあたしが使ってないの流してあげられるし、軌道に乗ったら良いのに買い替えて――」

「なりませんッ！」

「マ、マキナさん？」

「そのような不安定で仕事とも言えないような虚業、ベルトール様にさせられません！　ベルトール様はもっと堅実に安定した職に就いて稼がれるべきなんです！」

「え～なにそれマキナは価値観古すぎるよ～。そもそも今の御時世安定した職なんてないでしょ。まぁ確かに安定なんかとは程遠いけど、ベルちゃん声いいし顔もいいし、後なんというか上手《うま》く言語化できないけど……オーラがあるじゃん。絶対人気出ると思うんだよね」

「ま、まぁ。それは私も否定しませんけど……しかしですね……」

「配信で得る収入なんかはマキナの口座でなんとかなるし、ファミリアを使った今主流の全感覚没入型《フルダイブ》ゲームのライブストリーミングはできないけど、古いタイプのゲーム配信となならファミリアがなくても全然なんとかなるし。何よりライブストリーミングはネット文化で娯楽の一つ、他人を楽しませるっていうのも立派な仕事だよ」

「う、うーん……ベルトール様はどうお考えですか？」

「余に選択肢がないというのは純然たる事実。であれば、余は高橋に一任しよう。マキナの友であるというのであれば、信用するに十分な理由だからな」

「そそそ、あたしみたいな四六時中ネットに潜って多窓して配信見てるフリークから言わせてもらえば、ベルちゃんの素材は磨けば光るなんてもんじゃないわ、あたしにその才能預けてみてよ。三ヶ月あれば結果が出ると思うから」

高橋の言う通り、三ヶ月で結果を出した。

わずか三ヶ月でチャンネルフォロワー数が百万人を突破、平均同時視聴者数が十万人の新進気鋭の超人気ライブストリーマーへと急成長を遂げたのだ。

魔王として一国を運営させ、一つの軍団で世界と渡り合ったそのカリスマ性はネット上でも発揮された。

彼の一挙手一投足に人々は魅入り、その声に酔いしれる。何より、加工されたアバターではない生身の配信というのがウケた。

ファミリアの普及によって、エーテルネットワークはユーザー総アバター化時代とも言われており、自身で作ったり購入したアバターを使った電脳空間《サイバースペース》での劇場型フルダイブストリーミングが現在の主流だ。

その結果、生身の顔出し配信はすっかり廃れたのだが、時代に逆行した顔出し配信放送と、その類まれなる美しい容姿、そこから繰り出されるアナログなゲームのへなちょこなゲームプレイが大ヒットした。

女性視聴者を中心に、男性視聴者も取り込んで今尚《いまなお》勢力を拡大し続けている超大手ライブストリーマーなのである。

勿論《もちろん》、その道程はベルトール一人で成したものではない。

確かに今の人気は彼のカリスマ性の賜物《たまもの》であるが、初動こそは高橋のプロデュースあってのものであった。

彼女の人脈の伝手《つて》を使って、プロモーションを行ったのである。

誰かに見られれば、必ず食いついてくる。そんな高橋の予感は見事に的中した。

ハンドルネームではなく、魔王として本名を名乗らせたのも高橋の考えだ。

高橋曰《いわ》く、「例えば織田信長を名乗る解釈一致の容姿の生身のストリーマーがいればキャッチーだしウケるよね？　つまりそういうことだよ！」とのことであった。


「っしゃあああああああああああああああああああああああああああ！」


ベルトールの勝鬨《かちどき》が狭い室内に響き渡る。

本日のプレイを開始して五時間、都合七十二回目のチャレンジで操作しているプレイヤーキャラが巨大な魔王を討ち倒したところであった。

一枚目のモニタにはスタッフロールが流れ、二枚目のコメント欄には「おめでとう！」「うるせえ」「また壁ドンされんぞ」「やっぱ魔王が最強なんだよな」「ブラスピで感情を知った男」「顔と声と忍耐力だけS級の男」といったコメントが流れている。

コメントは基本的に共通語《エルフご》で書かれたものが多いのだが、戦争前の種族主義がまだ残っている影響なのか、はたまた文化の継続が為《な》されている証拠なのか、各種族や各国——国といっても形骸化してもはや呼び名でしか残っていないのだが——の言葉はこの多種族混成社会でもしっかりと残っていた。

「はぁ……辛《つら》すぎる相手を倒した後のカタルシス、これこそ醍醐味《だいごみ》よな……」

ベルトールはコントローラーを机の上に置き、椅子に背を預けた。

コメント欄に、コメントの他に新宿円や横浜円、ドルやテルムスといった通貨が書かれた数字が流れている。

投げ銭《ギフティング》だ。

つまりはおひねりである。

ユーザーからの投げられた金が、プラットフォームに手数料を引かれた上で即座に設定されたネット銀行の口座に入金される仕組みになっている。

「投げ銭重畳である。くるしゅうないくるしゅうない。またうまいウドンでも食いに行かせてもらうぞ」

これが今現在の魔王ベルトールの『収入』だ。

このようにゲームや雑談をする姿をエーテルネットワークを通じて配信するだけで毎回金銭が発生するなどと、これが働いているのか最初の頃はベルトールも疑問であったが、配信を見ているファンは自身の投げた金が直接推しの血肉になる事に途方も無い喜びを感じるのだと高橋に諭されて、今はありがたく受け取っている。

投げ銭や接続人数、再生数に応じた広告収入の他にも、今ベルトールが着ている物と同じデザインの魔王Tシャツのグッズ展開などをしてマネタイズしていた。

そして彼らの投げ銭という行為は、わかりやすく正の信仰心になっている。

「いやーかなり苦労したな『ブラスピ3』。1と2を経て大分上達したんじゃないかぁ？　とか思い上がってた余に大ダメージだったなぁ。というか1からしてゲーム初心者にやらせるようなゲームじゃないよな？　死にまくって其方《そなた》らも見ていてストレス溜《た》まったのではないか？　え？　面白かった？　キレてるのが面白い？　何を言っておる、余が本気でキレたらあれぞ、霊素《エーテル》が悲鳴を上げて地響きが鳴り渡るぞ」

業腹《ごうはら》ではあったが、配信中は共通語《エルフご》でベルトールは話していた。

古エルド語を理解できるユーザーは存在しないし、翻訳のプラグインもわざわざダウンロードしているユーザーが限られるからだ。

そこでだ、コメント欄に不審な動きがあった。

「死ね」や「糞《くそ》つまんねえ」といった直接的な罵倒だけでなく、無意味な文字の羅列の連投が始まったのだ。

（お、今日も来たな）

当然の事ながら、急速に人気を得た代償としてそれを妬む者、嫌う者が出てくる。つまりはアンチの存在である。王に楯突《たてつ》く愚か者ではあるが、ベルトールはこれを是とした。

憎悪《ぞうお》や怒り、それらは負の信仰力へと変わるのである。

故にベルトールは、配信者はそういった存在には不可侵を貫いたほうがいいという事を理解していながら敢《あ》えて信者《ファン》と反発者《アンチ》の対立を煽《あお》った。相乗効果で互いにベルトールに対する感情が強まり、更に信仰力を高める為《ため》の画策であった。

高橋には「魔王にしてはやることなんかコスくなあい？」と言われはしたが、手段をベルトールは拘泥《こうでい》しないし、彼なりに時代に合わせ、エーテルネットワークというものの特性を利用した信仰力獲得方法である。

目論見《もくろみ》は成功し、復活前程ではないにしろ正の信仰力と負の信仰力を獲得したベルトールの力は、ライブストリーマーになる前よりは格段に上がっていた。

「さて、今日はこの辺にしておくか。これまでシリーズを通して長い間付き合ってくれた者共には感謝の意を。途中からの連中にはそれなりに。チャンネル登録と高評価をするのを忘れるなよ？　次は何するかまだ何も考えてない、雑談枠とかで適当に決めるとしようか。それでは愚かな其方《そなた》らに死の安らぎがあらんことを」

空間投影されたホログラムモニタをタッチ操作して配信用ソフトを終了、そのままＰＤ

Aの電源を落とした。

ファミリアは広く普及しているが、外部情報端末としてのコンピュータはまだまだ存在しており、需要もあるのだ。

「ふぅ……」

一息ついて、ベルトールは椅子に背を預ける。

「エーテルネットワーク、か……」

電源の切れたPDAを見ながら、ベルトールはペットボトルの水に口をつける。喋《しゃべ》り通した喉に、染《し》み渡っていく。

「あらゆる人々が時間、場所を問わずに意思を発信、共有を即座に行える画期的な代物である。何より情報の拡散速度と伝達能力は余がいた頃の世とは文字通り次元が違う。実に面白い。だがその行き着く先は群盲化と優れた個の消失だ。個は集団になればなるほどにそのポテンシャルが薄まり引き下がる、意識は主体性を失《な》くしていく。ヒトの意思は統制できぬが、自由という名のカオスを与えられれば怠惰と悪意に塗《まみ》れ、その価値を堕落させ、失わせ、共有化された自意識は下限へと近づいていく。決して平均化はしない。限りなく底へと下がっていく」

つまりは――

「余にとって都合のいい世界になりやすいという事だ」

言って背後を振り返る。

「なぁマキ……」

ベルトールの視界に入ってきたのは、仕事から帰って風呂上《ふろあ》がり直後、タオルを身体《からだ》に巻いたマキナの姿であった。

「……」

彼女は呆《ほう》けた、というよりは完全に油断した表情で、冷蔵庫の中から冷えたオレンジ味の炭酸入り缶ジュースを取り出し、プルタブに指を掛け、弾《はじ》き、開け、口へと運ぶ。

腰に手を当て、一気にそれを飲み干す。

「つはー！」

腕で口元を拭い、大きく息を吐いた所でベルトールと目があった。

「ぎゃあ！」

マキナは急いで着替え、恥ずかしそうに上目遣いでベルトールを見た。

「も、申し訳ございません……一人暮らしが長かったもので、気を抜くとどうにも、その……一人でいた頃の行動が自然と……」

「ほう、一人の時はいつもあんな感じなのか」

「えー、あー、その……面目次第もございません……」

「フハハッ！　よいよい。そういう所も其方《そなた》の魅力というもの」

「あ、ありがとうございます……こうして二人で暮らせるなんて、夢みたいですね……」

「ん？　何か言ったか？」

「い、いいえ！　そういえばベルトール様。先程宅配業者から連絡がありまして、集配所に荷物が届いたそうです」

「うむ、配信用のマイクを新調したのだ。全感覚没入の配信ができない以上、音質はどうやっても敵《かな》わないが、だからとて妥協できるものでもない。画質と音質、どちらも突き詰める必要があるからな。というわけで少し出てくる」

「ベルトール様がお行きにならなくとも、私が取りに行きますよ」

「いやよい、ずっと座っていたから少し体を動かしたかったところだ」

「わかりました。お夕飯作っておきますね」

楽しそうに笑うマキナの声を背に、ベルトールはジャージ姿の上からファー付きのコートを一枚羽織って、外へ出た。

コートは先日マキナに買ってもらった物に耐寒の魔法をベルトールが直々に付呪《エンチャント》した一品であり、この格好で外に出ても寒さを感じずに過ごす事ができる。

耐寒以外にも対刃《たいじん》、対魔法といった防御用魔法の他に、簡単な汚れやほつれは自動的に修復するような魔法をいくつも付呪しており一級品の魔法防具へと変わっている。かなりの高レベルの付呪であり、これができるのも彼の信仰力が多少なりとも戻ってきているという証左であろう。

仮に同等の物を市販品として作り出すとするならば、新宿市の一般的な労働者の年収程の費用が必要になるのだが、ベルトールの魔力でしか反応しない条件付けがなされている為に市場に流す事はできない。

白い息を吐いて、空を見る。

分厚い雲に覆われて、昼だというのに夕刻のように薄暗い。

「変わらず天は雲に覆われており、変わらず汚い街よ」

そう呟《つぶや》く。

外新宿の空と街は、内新宿と比べると彩《いろど》りに欠ける。

赤茶けた錆《さび》と白い煙、突き出したパイプ、切れかけの霊素反応灯《エーテルネオン》、まばらに飛び交うドローンと空走車《フライトビークル》、地上を歩くヒトと地走車《グラウンドビークル》。

これでも外縁部よりは活気がある方だ。そしてベルトールは、この乾いた、薄汚い外新宿の街が嫌いではなかった。

「しかし、この辺はまるで華がないな」

ベルトールは入り組んだ裏路地に足を踏み入れていた。

普段はあまり利用しないのだが、裏路地を通れば集配所まで一直線で突っ切れる為に近道をしようと考えたのだ。

薄暗く、静かで、そして湿った、寂れた外新宿でも更に影のような場所。

新宿市の死角、外新宿裏路地のスラム街だ。

ひび割れたコンクリートの壁、背の低い家屋、タバコと酒とドブと吐瀉《としゃ》物の臭い。

違法建築物の数々を繋《つな》ぐコードの群れ、汚れた張り紙、足早に通り過ぎていく人々。

狭い道には、怪しげな露店がいくつも並んでいる。

多くの露店は青いビニールシートの上に商品と名札を広げており、ある店では黄色い液体と何かの幼体のようなものが収められた小瓶や、妖精の干物、明らかに眼球にしか見えない石といった怪しげな品物が置かれており、その隣の店ではどこから仕入れてきたのかプラグやケーブル、旧式の記録媒体などが箱の中に無造作に投げ込まれて売られている。

露店エリアを抜けると、今度はルンペンの姿が増えて来る。

耐寒領域結界の圏内とはいえ、内新宿よりかなり温度が下がる。

それでも汚い毛布で暖を取り、生き永らえようとしているルンペン達の姿は、ある意味ベルトールら不死に対しての対極の存在であるようにも思える。

彼らは経済的な事情からファミリアを所持していない者も多く、ファミリアを所持していないから仕事が見つからずに更に貧しくなるという悪循環の中にいる存在だ。

戦後の新競争主義的思想が色濃く残る新宿市の行政は彼らを助けようとせず、その悪循環を断ち切ろうとする支援団体も新宿市にはあるのだが、全ての貧困者に適切な支援が行き届いているとは到底言えない状況だ。余りにも貧困者の数が多すぎるのである。

「新宿市の社会構造の捻《ね》じれ、歪《ゆが》み、その体現者達……か」

そこで、だ。

それをベルトールが認識したのは決して偶然ではない。

似たような姿のルンペンが何十人といる中で、それだけを視認できたのは奇跡などではない。

「――」

それを視認した瞬間、ベルトールは息を吞《の》んだ。

いるはずがない、あるはずがないモノが目に入ったからだ。

その男はボロボロの青いマントを身に纏《まと》い、その下には古い軍用アーマーを着込んでいる。金の髪は何日も手入れがされていないようで、ひどく錆《さ》びついた抜身の剣を支えのようにして抱えている。

その姿はこの街に何人もいるルンペンの一人にすぎない。

だがベルトールが、魔王が見紛《みまが》うはずがない。

その男を彼は知っている。五百年経過していようとも、朽ち果てた刃《やいば》のような姿になっても見紛うはずがないのだ。

あの時、再誕の日に街の中で見た姿は、決して見間違いではなかった。

五百年前ベルトールが消える前に見た最後の定命、彼を討ち倒した者、輝ける希望、その名は——


「——グラム」


魔王ベルトールの仇敵《きゅうてき》にして宿敵にして怨敵。

勇者グラムが、そこにいた。

第三章　不死炉

勇者グラム。

その出生はごく平凡なものだ。

アルネスの西方、オーム王国の辺境にある小さな村で父と母、そして双子の妹と共に生まれ育つ。

彼が十五の時、熱を出した妹の為《ため》に山中の洞窟に薬草を採りに行っている最中、予言の子である勇者の存在を危惧した魔王軍六魔侯が一人、業剣侯《ごうけんこう》ゼノールが独断で率いた業剣騎士団によって村を焼かれる。

家族と生まれ故郷を失ったグラムは、後の師となる剣聖アルティアに拾われ修行を積み、魔王討伐の旅に出る。

彼の物語の導入は、そんなところだ。

清廉なる勇者、輝ける英雄、沈まぬ太陽。

大陸中に轟《とどろ》いていたその異名は枚挙に暇《いとま》がない。

だがその活躍も、今や伝承の中に埋没している。

ベルトールはグラムを誘って、表通りに面した屋台のウドン屋に、ウドンを食べに来ていた。

赤い暖簾《のれん》と提灯《ちょうちん》の下で、オークの店主がウドンの湯切りをしている。

不死と定命の戦争も、勇者と魔王の戦いも、グラムにとっては遠い昔、ベルトールにとってはつい最近の出来事としても事実として過去のもの。最早《もはや》殺し合う理由もない時代で、気が付けば魔王は勇者に自然と話しかけて食事へと誘っていた。

グラムも拒否せず、黙ってベルトールの誘いに応じた。

ベルトールはちらと隣に座るグラムを見やる。

精気のない乾き割れた唇、光の宿らぬ瞳、傷んだ髪。

大凡《おおよそ》彼が知る限りの勇者の姿ではない。

グラムのうなじにも他の者が付けているよりもやや大きいファミリアが付いている。

ベルトールが知る由《よし》もないが、それは旧型の軍用ファミリアであり、彼が以前に軍に属していたという事を示している。

グラムの椅子の横に置いてある一振りの錆びた剣に視線を移す。

彼の伝説の象徴たる存在、神話級伝承兵装《イクサソルデ》と呼ばれる聖剣だ。

決して錆びず、折れず、傷つかぬ、翳らぬ銀の太陽《イクサソルデ》。

太陽の如《ごと》き輝きを放っていた不死殺しの異名も取るそれは、今や見る影もない。

錆付き、刃は潰れ、毀《こわ》れ、剣の形をした金属の棒のようになっており、無造作に立てかけられている。

聖剣とその持ち主は一心同体。

聖剣が錆びついているという事は、持ち主である勇者の心も錆びついているという事。

それを証明するかのようにグラムの瞳には、五百年前に見せていた、聖剣よりも眩《まばゆ》く煌《きら》めくあの輝きは全く見受けられなかった。

全てに諦観し、達観し、折れ、投げ出した者の瞳。

敗北者の目だ。

だからベルトールはグラムの目を見ていられなかった。

伝説の聖剣が錆びついている以上に、彼がそんな目をしているというのがベルトールには耐えきれなかったのだ。

彼は鏡だ。

きっと自分も、少し前までは同じ目をしていたに違いないのだから。

――そう、言うなれば命の輝きが感じられないような――

馬鹿な考えだと、ベルトールは思考を止めた。

「色々なウドン屋をマキナに案内されたが、ここの店は特にうまいから安心するといい。余のお墨付きだ」

自分が気遣う必要なんてない。

そう頭では思っていながらも、つい言葉を投げてしまった。

「そうか」

「……」

「……」

「しかし、余の知る時代より食べ物は格段に美味《うま》くなったな。当時の味付けとの乖離《かいり》で舌が慣れるまで時間がかかるかと思っていたが、存外そんな事もないようだ」

「そうだな」

「…………」

「…………」

微妙な沈黙が流れる。

当然だろう、人間と魔族、定命と不死、勇者と魔王、相容《あいい》れぬ二人がウドン屋で肩を並べているのだ。

(なんで余が会話に気を配らなければならんのだ……此奴《こやつ》五百年前はもうちょっと爽やかで喋《しゃべ》りやすい感じの奴だったのに……雑談配信を増やして余の雑談力を引き上げるのを検討したほうがいいかもしれぬな……)

悶々《もんもん》とした気分のベルトールの前に、湯気の立ち上るキツネ・ウドンの丼が置かれた。

「おまちどうキツネ二人前」

ソイ・フライ・シートが二枚に、刻んだネギ、そしてメルニウスが一つというオーソドックスな細麺のカケのキツネ・ウドンだ。

二人は備え付けの箸とレンゲを取り、ウドンを啜《すす》る。

ベルトールも、この三ヶ月で箸の使い方は格段に上達していた。

「美味い。まともな食事をしたのは、久しぶりだな……」

グラムのその言葉に、ベルトールは返さなかった。

黙ってウドンを啜っている。

やがて箸を丼に置いて、グラムが言葉を紡《つむ》いだ。

「なんだか変な気分だ」

「何がだ？」

グラムの声は空虚だ。乾いて割れた、不毛の大地のような音がしていた。

「両親の、妹の、仲間達の仇《かたき》と一緒にこうして並んでウドンを啜るだなんて思ってもみなかったから」

ベルトールにはグラムの言葉が本心なのかそれとも皮肉なのか判断がつかなかった。

そして彼の口からその言葉が出るのも当然だろう、ベルトールもこんな事になるとは夢にも思っていなかったからだ。

ベルトールとて、不死の家臣を滅ぼされている。

そこにはベルトールにとって、大切な存在もいた。

五百年前は、勇者達に対する怒りというものは確かにあった。だが今、グラムを見ても怒りや憎悪《ぞうお》といった感情はない。

それ以上に、疑問が浮かんでいた。

(何故《なぜ》、こいつはここにいる?)

箸でウドンを器用に口へと運びながら思考する。

それはグラムと当世で出会ってから、ずっと抱き続けている疑問だ。

ベルトールが抱いた疑問に対する答えは、当然の帰結へと至る。

五百年ぶりの再会など、ありえようはずもない。

定命であるならば。

故に問う。

「グラム、貴様不死になったな？」

「……」

グラムは答えない。

「貴様は余にこう言ったな、命は限り在るから輝くのだと、生き足掻《あが》くから強いのだと。だから貴様達は余に勝てたのだと」

「……」

「そんな貴様が何故、何故だ……」

彼の胸に宿るのは怒りにも悲しみにも、失望にも似た言語化できない感情であった。

そんな感情を否定するように、グラムは言う。

「少し違うよ、ベルトール。僕は不死にはなっていない」

「……なんだと？」

「君を……魔王を討伐した褒賞として、アルネス六大神の一柱、女神メルディアから賜ったのは、『不老』の祝福だった」

「不老、か……」

不死は不老を兼ねるが、不老は必ずしも不死ではない。

そしてベルトールは、惚《ほ》れやすく、嫉妬深く、美を好み、老いを嫌う女神メルディアならば、この偉大なる勇者に不老の祝福を押し付ける愚を行うのにも納得がいった。

グラムは丼の中の汁に揺れ映る自身の顔を見ながら、滔々《とうとう》と語りだす。

「魔王がいなくなった後、すぐに次の戦争が起こった。なんてことはない、最初からわかりきっていた。定命同士の戦争だ。僕はオーム王国の英雄として、隣国との戦争に駆り出された。笑えるだろう？　不死との戦争が終わったら、次は定命同士の殺し合いだ。こんな滑稽な話があるか？　……そして、僕は国の為に、たくさんのヒトを斬った」

その言葉は暗い絶望の色に満ちている。

「戦争を勝ち進み、隣国をどんどん併合していき、やがてオームが巨大になってくると、今度は僕という――勇者という存在が邪魔になった」

それはベルトールも五百年前に辿《たど》り着いていた結論と一緒であった。

魔王を倒した後に排斥されるのは、勇者であると。

「魔王を倒す程に強い力を持つ僕は、為政者から疎《うと》まれる対象となり……扇動され、僕を恐怖した人々によって、追放された。勇者という存在は、もう必要なくなったんだ。誰も勇者なんて、求めていない、勇者はもう存在していないんだ」

愚かだ、とベルトールは思う。

勿論《もちろん》グラムの事ではない、時の為政者に対してだ。

人々が彼を恐れてしまうのは仕方がない。民草というのは得てして愚かで弱い存在である。

故に強き者が必要なのだ。

そして勇者を持て余す器の王の下についた事に憐《あわ》れみを覚えた。もしこの男が自分の下へと来たのであれば、そのような愚かな間違いは絶対に起こさないというのに、と。

「世界を放浪して現想融合《ファンタジオン》を経て、第一次都市戦争に傭兵《ようへい》として参加。その後に不死狩りの一員として僕は作戦に参加していた。君の同胞もたくさん斬ったよ。僕は己の正義を信じて戦ってきた。そしてこの体になって、今になってようやく気が付いたんだ。僕と君、定命も不死も何も違わないのだと」

グラムは大きく息を吐いた。

五百年分溜《た》め込んできたような、深い溜息《ためいき》だった。

「不死も定命も、僕は殺しすぎた……勇者なんて必要のない世界に、僕の居場所なんてないんだ。この世界に勇者は存在しない。もう、疲れたんだ……」

存在を否定され、尊厳を踏みにじられ、そんな世界に失望し、だが絶望もしきれず、死ぬ事もせず、ただ漫然と世捨て人のように生きている、死んでいないだけの男。

世界から棄《す》てられた魔王と、世界から不要とされた勇者。

相容れぬ立場であるにも拘《かか》わらず、魔王は勇者にある種のシンパシーを感じていた。

それでもベルトールは、グラムに労《ねぎら》いや同情の言葉を投げ掛ける事はない。両者の間に、そういった言葉は不要なものであった。

「……」

「……」

何度目かの沈黙が流れる。

レンゲが丼に当たる音がした。

「なあ、ベルトール」

沈黙を破ったのはグラムの言葉であった。

「ん？」

「君に聞きたかった事があるんだ」

「なんだ？」

「君は何故、世界を支配しようなどと思ったんだ？」

勇者の問い掛けに、何の逡巡《しゅんじゅん》もなく魔王は口を開く。

「世界平和のためだ」

ベルトールははっきりと、一切の躊躇《ちゅうちょ》なくそう言い切った。

それは魔王の根幹。彼の心の底からの信念を口に出す。

「………………何？」

グラムは心底理解できないといった表情で、ベルトールの言葉を聞き返していた。

「……世界平和？」

グラムはその言葉に明らかに戸惑っていた。

それは魔王の口から出る言葉とは、到底思えなかったからだ。だがベルトールの言葉には嘘《うそ》や戯《たわむ》れを見て取れなかった。真剣で、誠実な、本気の言葉だった。

ベルトールは続ける。

「不死となる因子は様々だ。不死鳥、吸血鬼、古《いにしえ》より伝わる病、呪い、魔導の探求による到達、神々の罰……極一部の例外を除けば不死は全て元はヒト、定命であったのだ。定命が恐れ魔族等と呼ばれてはいるが、その本質は変わらん」

「……」

「定命は不死を恐れ、妬み、迫害する。それは定命が弱いからだ」

「不死だって定命を見下し、蔑み、敵対するじゃないか」

「そうだ。定命だけではない、不死もまた弱者である。弱者は、理解できぬ相手を排斥する、拒絶する。それがヒトの、生きとし生ける者のサガなのだ」

「……そんな事は、ない。それだけじゃない……はずだ」

「弱者達が争いを起こさぬように、強者である余が上に立たねばならぬ。それこそが、強者としての余の義務であると思っている」

今の自分から強者という言葉が出る事に、ベルトールは自嘲した。

随分と傲慢な事を言っている、以前はそのような自覚もなかった。

「それこそが、余が掲げる世界平和だ」

「支配による平和だなんて……」

「貴様とて身を以《もっ》て知っているであろうに、ヒトによる――弱者による裏切りと排斥を」

「…………それでも……それでも、僕は」

グラムは一度だけ目を伏せ、そして毅然《きぜん》とした声音で言った。

「それでも僕はヒトを信じたい。弱き者達の味方で、あり続けたい」

だって、とグラムは続ける。

「ヒトの弱さの中にある輝きを、僕は知っているのだから」

ベルトールはグラムから目を逸《そ》らしていた。

その横顔、瞳を直視できなかったからだ。

正義と呼ぶには大仰な相容《あいい》れぬ互いの理屈。感情の折り合いが付かず、沈黙が流れる。

裏切られても尚《なお》、そこまで彼がヒトの弱さとやらに寄り添い、向き合えるのか、ベルトールには理解ができなかった。

「ベルトール、やはり君と僕は、相容れないようだ」

「ふん、そんなもの五百年前にわかっていたろうに」

グラムは丼の縁に箸を置き、剣を手にとって席を立った。

「ご馳走様《ちそうさま》。ウドン美味《おい》しかったよ、ありがとうベルトール。それと、話せてよかった」

「ああ、余もだグラム」

去りゆく足取りをベルトールは見送らない。

ただその音を背中で聞くだけだ。

「この世界に勇者は存在しない、か。莫迦《ばか》者め」

苦々しげに、ベルトールは呟《つぶや》く。

「余の存在が、貴様の存在証明となっているというのに」

ベルトールとグラム。

それはコインの裏と表、光と闇、月と太陽、生と死のようなものだ。

魔王と勇者のパラドックス。

それが彼らの関係性であった。


「話が違うじゃない！」

グラムが去り、ベルトールがＰＤＡでウドン屋に勘定を払って露店を去ろうとした時である。路地裏に、女の声が響いた。

聞き覚えのある声だ。

他にも小さくだが、男の声も聞こえる。どうやら言い争いをしているらしい。

諍《いさか》いはこの街では珍しい事ではない。口論が殺し合いに発展している場面など何度も見てきた。普段なら殺し合いをしていたところで無視するのだが、ベルトールの知る声が聞こえたとなれば話は別だ。

声を頼りに更に細い路地へと入り込めば、そこには見知った少女がいた。

高橋《たかはし》だ。

高橋は眉を吊《つ》り上げて、正面に立つオーガの男に声を荒げている。

同年代の人間と比べても小柄ではあるが、オーガと並ぶと更にそのサイズ差が際立《きわだ》つ。

「ヤクザとやり合うとなると今の倍は貰《もら》わねえと受けらんねえぜ、バニーボーン」

「何あんた、怖気《おじけ》づいたの？」

「そういう話をしてるんじゃねえ、ビジネスの話だ。わかるだろ？」

「んの……！」

オーガの男がにやけた顔で言い、その言葉に高橋は身振り手振りで怒りを表現する。

ベルトールはそのオーガにも見覚えがあった。

無骨な鋼の義手、タンクトップにカーゴパンツ、そしてモヒカン頭。

ベルトールが復活し、マルキュスに敗北を喫したその日にベルトールを殴り倒したあのオーガであった。

「仕事の直前に足下見てんじゃないわよ！　そういう契約だったでしょ！」

「気が変わったんだ。危ねえ橋を渡るんだ、それくらい貰わなきゃなぁ。嫌なら別のやつを探せばいい。ま、今から見つけられればの話だがな」

「一度交わした書面上の契約も守れないの⁉」

「書面だぁ？　所詮は世間様に顔向けできるような仕事じゃねえだろ、破ったところで誰がどこに訴えるんだよ、ええ？」

「鬼野郎、でかい図体《ずうたい》の癖に脳味噌《のうみそ》は小さいってのはマジみたいね！　おまけに肝っ玉も小さいみたい、鬼の癖にビビリのチキンだなんて、ちょっと属性盛りすぎなんじゃない？

タマ無しの腰抜け！」

「あ？　おい今なんつった？　毛無しの雌猿が、ぶっ殺されてえのか？」

互いに差別的なスラングと火花を飛ばし合い、一触即発といった感じだ。

オーガは勿論だが、高橋も全く怯《ひる》んでおらず一歩も引いていない。

「そこまでにしておけ」

「えっ、ベルちゃん!?」

「あ？」

ベルトールは大きな制止の声と共に一歩踏み出した。

現代的な価値観にそぐわないかもしれないが、大男が少女相手に威圧している様を見ているのは気持ちのいいものではない。

「んだ、てめえ」

その声に反応し、オーガが目を向ける。

「あっ、てめえはこの間の……」

「彼女から離れろ。そうすれば見逃してやる」

「あ？　バニーボーンの知り合いか？」

「バニーボーン？　だったら何だというのだ？」

ベルトールは真っ直《す》ぐにオーガを睨《にら》みつけ、目で挑発する。

「ボコられて半泣きになった雑魚《ざこ》が随分とイキがるじゃねえかよ。無様にゲロ撒《ま》き散らしてよぉ、傑作だったぜ！　俺が優しくてよかったなあ？　視覚データ残してネットにばら撒かれなくてよ」

挑発に乗ったオーガが、罵声を浴びせながらゆっくりと近づいてくる。

「いいぜ、クソザコゲロゴミカスのくせに女の前でかっこつけて出しゃばった事を後悔させて……いや、殺しちまうか」

そのまま義手の巨大な掌《てのひら》を開いて摑《つか》みかかってくる。そこには殺意だけがあった。

ベルトールをして殺し慣れていると思わせる、流れるような動作だ。

「ベルちゃん！　いいから逃げて！」

ベルトールは避《よ》けず、自身の手を開いてオーガの義手へ対抗して摑み合いの形となる。

「安心しろ高橋。チャンネルフォロワー数、百万でどれ程力が戻ったのか、試してやる」

「はっ！　馬鹿が、こいつの出力だと腕ごともいじまうぞ！」

オーガが魔力を込めて義手の出力を上げる。

「潰れな！」

ベルトールの骨が軋《きし》みを上げる。皮膚が破け、血が吹き出る。もし頭でも掴まれたなら、即座に潰れたオルオーのようになる事請け合いである。

オーガの義手は、特殊強化カーボンと複合エルトニウム鋼で構成されたフレーム剝《む》き出しの飾り気のないものではあるが、高出力の高級品である。

「まぁ、こんなものか」

腕を潰されながらも、ベルトールは涼しい顔をしている。

「ベルちゃん……！」

狼狽《ろうばい》した表情で、高橋が小さく叫んだ。

高橋の心配も当然だ。ファミリアもなく肉体の機械化もしていない者が、マギノボーグのオーガ相手に正面から掴み合って勝てるはずがないのだ。

「フッ……」

だがベルトールは不敵に笑った。

ベルトールの全身が、一瞬青黒い光に包まれる。

そのままベルトールが握りしめるように力を込めると、枯れ木を割るかの如《ごと》き容易《たやす》さでオーガの指《マニピュレータ》がひしゃげて骨《フレーム》がへし折れた。

「ぬぐあぁぁあっ⁉」

潤滑剤と液体霊素《エーテル》を飛び散らせながら、ベルトールはオーガの義手の疑似神経ごと無理やり引き千切る。

義手の感覚設定をオンにしていたオーガはあまりの痛みに苦悶《くもん》の表情を浮かべた。

何も特別な事はやっていない。単に体内の魔力を起動し、全身に巡らせただけだ。

体内の魔力操作による肉体強化は基礎中の基礎。訓練すれば誰にでもできる。しかしこれほどまでの力を得るのは、偏《ひとえ》に魔王の持つ膨大な魔力容量、そして放出量に起因するものである。

ベルトールは腕を前に出す。手は上向きに、オーガの胸部を狙うようにして中指を丸め、親指で固定し、そして中指を弾《はじ》いた。

「そら」

所謂《いわゆる》《でこぴん》だ。

インパクトした瞬間、青黒い衝撃波のような魔力の飛沫《ひまつ》が発生し、そのままオーガは吹き飛んでコンクリート壁に激突し、その下にあるゴミ袋の山の中に尻から落ちた。

「余の信仰力がどれ程戻っているか試すには、ちと物足りん相手だったな」

ベルトールは五指を開閉する。先程潰された手の傷は、既に完治していた。

失神しているオーガには視線も向けず、ベルトールは駆け寄ってくる高橋を見た。

「だ、大丈夫ベルちゃん!?」

「余は見ての通りだ、其方《そなた》こそ怪我《けが》はないか?」

「うん、あたしは平気。ありがとね」

「何、盟友が困っていれば助けるのが道理というもの。気にすることはない。ところでバニーボーンと呼ばれていたが……」

「ああ、バニーボーンはあたしのハンドルネーム。んで、こんな所で何してんの?」

「集配所に荷物を取りに来たのだ。途中で余の宿敵………いや古い知り合いに会ってな。少し話をしていたら其方《そなた》の声が聞こえてな」

「なーる。って、ん? ベルちゃんの古い知り合いって事は……?」

「気にするな。其《そ》の方《ほう》こそ何をしていたのだ? 此奴《こやつ》と何やら言い争いをしていたが」

倒れているオーガを顎でしゃくって示した。

「こいつあたしの仕事の用心棒? ボディガード? みたいな奴でね。金で雇ってたのよ。そしたら直前になって今日の仕事の金を倍額払えって足下見てきたから、ふざけんな!

つってキレてたの。つーかあいつここいらじゃ有名な腕利《うでき》きだったんだけど、一発でのしちゃったね……」

「なるほどな……いや待て、仕事の用心棒だったのか？」

オーガは完全に気を失っているし、控えめに言って大怪我をしている。

更に義手まで破壊してしまったとなれば、もう用心棒としては機能しないだろう。

「それはなんというか……悪いことをしたな」

「ううん！　全然！　困ってたのは本当だし。じゃあ、そうだなぁ……ベルちゃんさー、めっちゃ強かったじゃん？」

「魔王だからな。ああ、そういう事か」

「うん。ちゃんとお給料出すから、代わりに用心棒頼まれてくれないかな？」

集配所へは後日行けばいいし、友の頼みを断る理由も特になかった。強いて挙げれば夕飯までに戻れるかどうかだが、連絡を入れておけば問題はない。

そう考えてベルトールは頷《うなず》いた。

ベルトールが連れてこられたのは先程の路地から空走車《フライトビークル》のタクシーで三十分程移動した場所にある旧港湾区域の倉庫街跡地、その一画だ。

元は新宿市内における海運物流の要所だったのだが、都市戦争時に港が破壊されて封鎖され、そのまま放置されていた。

旧世界の新宿区は海に面していなかったが、現在の新宿市は周囲の区を統合した都市である。この旧港湾区域は、旧世界で言えば東京都港区近辺に当たる場所になる。

近隣の都市はここから南の海上に横浜市が、北東に秋葉原市がそれぞれ存在している。

粗末な作りの倉庫は風化が激しく、原型をとどめているもののほうが少ない。

二人の目的の倉庫もそういった倉庫の中の一つであり、一応建築物としての体裁は整っているものの、粗末な合成アミダス材の壁面はすぐに崩れ落ちそうだ。

「この辺は手付かずだし誰もこないから、こういう所はわるーい連中が勝手に使ってるのよね。割れ鍋理論って言うんだっけ、あれ、何だっけ？　まぁなんでもいっか」

というのは高橋の言だ。

二人は目的の倉庫の対面にある瓦礫《がれき》の山から周囲を窺《うかが》っていた。

倉庫の錆《さ》びついた鉄扉《てっぴ》は固く閉ざされており、黒いスーツを着《き》たオーガの男が二人、さながら門番の如く微動だにせずに扉の前に立っており、男達の近くには魔法防護が施されたアダマント装甲の高級車が数台停《と》まっている。

「それで、余は何をすればよいのだ？」

ベルトールの言葉に、高橋はよくぞ聞いてくれたと言わんばかりに目を光らせて口を笑みの形に変えた。

　実に悪い顔をしている。

「盗みを働くの」

「ほう」

「王様的には盗みはご法度《はっと》？」

　高橋の言葉に、ベルトールも笑みを浮かべる。

「いいや、友の頼みであればやろう」

「へへっ、嫌だっつってもやらせたけどね！」

　高橋は白い息を手に当てて、指先をこすりつけた。

　彼女のジャケットも防寒の魔法が付呪されているのだが、それでも耐寒領域結界の範囲ギリギリの場所故に寒さを完全に凌《しの》ぐには至らない。

「うー、さむ」

「もっと厚着すればよいのではないか……？」

「寒いからこそ着込まない、今時のトレンドなのよ。んなこたぁどうでもよくて、仕事の話をしましょ。この倉庫はヤクザ・ギルドの所有物なの。旧港湾区は耐寒結界の圏内ギリギリで人が来ないし都市警察《シティカード》の目も届かないから、連中が悪さをするのにもってこいってわけ」

「ヤクザ・ギルドか。つまりならず者という事だな」

「そゆこと。怖い？」

「フッ、ゴロツキなんぞ物の数ではないわ。とりあえず盗むブツというのはあの中にあるのだな？」

「うん、ほぼ間違いなく。あん中では今まさに獣人《セリアン》系ヤクザの狼獄《ろうごく》組とオーガ系ヤクザの雷金《らいきん》組が取引を行ってる真っ最中。あ、それと仕事はスマートに、これあたしの信条ね。ベルちゃんもそこんとこよろしく」

「了解した」

「勘違いしないで欲しいんだけど、ここで盗むってのは所謂物理的な物ではなくて、その存在がなくならないもの——つまりは情ほ——」

彼女が言葉を言い終わる前に、ベルトールはその場から駆け出した。

既に取引は行われているというのならばスピードこそが勝負。

見た所高橋は戦闘訓練を積んでいる様子も見られなかったので、ここは自身が先行すべきだと判断したのだ。

信仰力で取り戻した魔力で強化された肉体は、二十メートルの距離を一歩で縮め、倉庫前の見張りをしているオーガ達の眼前に一瞬で到達する。

「なっ、なんだてめえは⁉」

突然現れたベルトールに驚愕《きょうがく》しながら、咄嗟《とっさ》にスーツの懐《ふところ》に手を入れ、中から何かを取り出そうとするヤクザ・オーガの一人の股間を蹴り上げ、一撃で戦闘不能にさせる。

そのまま、突然の襲撃による混乱で硬直しているもう一人のオーガの鳩尾《みぞおち》に向かって回し蹴りをぶち込む。

「ガハッ！」

繰り出される回し蹴りは、体重百五十キロオーバーの、巨漢のオーガ諸共《もろとも》鋼鉄の扉を倉庫の中に叩《たた》き込んだ。

「邪魔をするぞ」

ゆっくりと、ベルトールは倉庫の中に足を踏み入れる。

風通しの良くなった倉庫の中には、オーガと獣人《セリアン》が合計で十名程おり、倉庫の内部はパレットやコンテナなどが無造作に打ち捨てられていて、天井はぽっかりと大きな穴が空いて空が見える。

その中心で獣人《セリアン》とオーガの男性が金属製の、手のひらサイズの小さな正方形の物体の受け渡しを行っている最中のようで、その場にいる全員が突然の出来事に硬直していた。

『高橋、盗む物っていうのはあの小さい箱型の物でいいのか？』

霊素《エーテル》を介してベルトールは高橋へと通信をする。

『そう、そのキューブが……って、え⁉　あれ⁉　ベルちゃんファミリアないんじゃないの⁉　なんであたしのファミリアに通信できてんの⁉　ていうかまだ作戦伝えてるとこだったんですけど⁉』

『驚くような事ではない。ファミリアの霊素《エーテル》通信機能を余が魔法で再現しただけだ』

『魔法で再現⁉』

『ファミリアでの通信も《念話》の応用、魔法で行われている。種さえわかれば再現するのはそこまで難しくない』

『簡単に言うなぁ』

『というわけで全員とっちめて奪い取るぞ』

『殺しちゃ駄目だかんね！』

『わかっている。フォロワー数、百万人の信仰力を見せてやろう』

そう言って通信を終了する。

「てめえ！　どこのモンだ！」

男達がようやく冷静さを取り戻し、闖入《ちんにゅう》者に凄《すご》む。

「余は魔王ベルトール＝ベルベット・ベールシュバルト、愚かな定命の者共、余の信仰力がどれ程戻っているのか、其方《そなた》らで試してやる。肩慣らしくらいにはなってくれよ？」

「カチコミたぁいい度胸じゃあ！　タマァ取ったるわ！」

訛《なま》りのキツい共通語《エルフご》で黒スーツの犬型獣人《セリアン》が吠《ほ》える。

懐から取り出したのは魔導銃だ。

魔導銃とはファミリアの魔法補助機能を特化、簡略化した武装魔導具《マギノ・ガジェット》の一種である。

言うなれば古《いにしえ》の魔法使いが使っていた魔法補助具、すなわち魔法の杖《つえ》や呪文の巻き物《スペルスクロール》が意味合いとしては近く、銃の形を模しているだけにすぎない。

カード状のスクロールをスロットに装填し、引き金を弾《はじ》く事でスクロールに刻まれた魔法が発動するという仕組みである。

ヤクザ獣人《セリアン》が引き金を弾くと、マズルフラッシュのように銃口の部分に小さな魔法陣が一瞬展開される。

《霊矢《エーテルアロー》》か）

魔法陣に描かれた術式を見ただけで、ベルトールは瞬時に把握した。

《霊矢《エーテルアロー》》は霊素《エーテル》を矢の形状に固めて貫通力を高めた古より存在するオーソドックスな魔法だ。それ故に信頼性も安定性も高い。

「《天威よ慄け《ヴェストゥム》》」

攻撃に対応し、ベルトールは強化魔法を発動する。

現代で言う所の、《竜の力《マイト・オブ・ドラゴン》》、《高潔の証明《ライチェスネス》》、《力の祝福《ギフト・オブ・ストレングス》》といった強化魔法《バフ》の重ねがけだ。これだけ多重に強化魔法を付与するのは過負荷で肉体の方が耐えられないのだが、不死の力で常に再生し続ける事で無茶な強化を可能としていた。

青い光の矢が六条、尾を引いて高速でベルトールに迫る。その一つ一つが分厚い鉄板を貫通する威力があるそれを――

「はぁっ！」

拳による六連撃を以《もっ》て、その尽《ことごと》くを打ち砕いた。

砕かれた霊素《エーテル》の矢が燐光《りんこう》となって宙を舞う。

今付呪されている《天威よ慄け《ヴェストゥム》》には、身体強化の他に、竜鱗《りゅうりん》効果と呼ばれる魔法効果が付与されている。ドラゴンの鱗《うろこ》が自然と持つ魔法を弾く障壁を魔法によって再現したもので、その障壁によって、《霊矢《エーテルアロー》》を弾き、砕いたのである。

ある程度信仰力を取り戻した彼の持つ膨大な魔力から繰り出される古代言語の魔法は、今の時代においても強力無比と言って差支《さしつか》えない。

「何だと⁉」

「んな馬鹿な……‼」

《霊矢《エーテルアロー》》を叩き落とした事に、ヤクザ達が驚愕に大きく目を見開く。

当然だろう、超高速で迫りくる矢の速度は音速を軽く超えるものである。それがほぼ同時に六発、それら全てを撃ち落とすのはヒトの反応速度の限界を超えている。

だが彼はヒトではない。魔王なのだ。

「もう終わりか？　ならば——こちらの手番だ」

ベルトールの姿が消えた。

一瞬で一番近くにいた一人のオーガの懐にまで飛び込み、その胴体に拳を叩き込む。

声を上げる暇もなく、オーガが昏倒《こんとう》する。

本気を出せばスーツ毎《ごと》オーガの胴体を貫けるのだが、殺しはするなと高橋に言われている。なので戦闘不能にするだけに留《とど》めておいた。

「や、野郎！」

近くにいた獣人《セリアン》が、ベルトールに銃口を向ける。

その引き金が弾かれるよりも先に接近し、獣人《セリアン》の両腕をへし折って頭部への打撃で意識を奪う。

その後も似たようなものだ。

相手が行動するより先にベルトールが動き、倒す。

さながら黒い風。

吹き荒《すさ》ぶ度に敵が倒れる。

反撃の暇も与えない。まさに蹂躙《じゅうりん》だった。

「情けない、これなら『ブラスピ』の序盤の雑魚《ざこ》敵の方がいくらか苦戦したぞ」

「じゃかあしいわぁぁぁ！」

一息で八人ほど戦闘不能にしたベルトールに、今度こそ狙いが付けられる。

手に持っているのは魔導銃ではない。

本物の拳銃《チャカ》だ。

旧時代の骨董品《こっとう》であり、短刀《ドス》と並んでヤクザ・ギルドの儀礼用の武装としての側面が強いが、魔力を用いずとも簡単に人を殺す事ができる高い殺傷能力は今尚《いまなお》健在である。

「死ねよやぁ！」

男が引き金を弾く。

マズルフラッシュと共に射出されるのは9ミリ弾。当たったところで強化されたベルトールの肉体には大したダメージを与えられない。

それでも衝撃までは殺せないし、目のような魔力防御効果の薄い部分に当たれば深い傷を負う。

　だが彼は避《よ》けないし防がない。そうする必要がなかったからだ。

「ぎゃっ！」

　ベルトールの後方にいたヤクザ・オーガが銃弾を浴びてもんどり打って倒れた。

「あ、あれ？　なんで俺、あいつに銃を……」

　わけがわからないといった風に硝煙の立ち上る銃口を呆然《ぼうぜん》と眺めている。

　男はベルトールではなく、ベルトールの背後にいたオーガを明らかに狙って撃った。

　まるでそこにベルトールがいたかのように。

　だが本人は動いてすらいない。ベルトールは高橋のいる場所から独特の霊素《エーテル》の揺らぎを感じ取っていた。恐らくは外にいる彼女が何かやったのだろうと彼は考えた。

　最後の一人を気絶させると、ベルトール以外に倉庫内で立っている者はいなくなった。

『終わったぞ、高橋』

『しゅ、しゅんげえ……ドローンの映像で見てたけどまじでしゅんげぇ……まじもんの魔王じゃん……素手でヤクザ鎮圧しちゃうってモンスターじゃん……いやー、あの馬鹿雇わなくてよかったー……』

『いや、正直まだまだだ。これでも不甲斐《ふがい》ないくらい全盛期には届かん』

『全盛期どんなんなのよ……』

『それより最後の一撃だが、あれは高橋が何かしたのだろう?』

『んふふ、後で教えたげる。今はそれよりやることやっちゃおう』

『ああ、とりあえず箱を回収するぞ』

『あ、待ってそっち行くね』

突然、ベルトールの背筋にぞわりと悪寒《おかん》が走った。

『いや、離れていろ高橋!』

突然降ってきた『ソレ』に対して反応できたのは、彼からしてみればなんとなくという以外に説明が出てこないだろう。

空気の流れや、それに伴う大気の音の変化、微細な霊素《エーテル》の乱れを敏感に感じ取った、などと言えばいくらでも説明できるかもしれないが、ほとんど勘である。

それでもその勘がなければ、今こうしているように後方へと大きく飛び退《の》く事ができずに、降ってきた『ソレ』にわけもわからないまま押し潰されていた事だろう。

上から降ってきたのは雨ではない。雪でもなければ雹《ひょう》でもなく、槍《やり》でもない。

着地の瞬間、『ソレ』の足元に魔法陣が浮かび、音もなく着地に成功する。それが《猫足《キャットウォーク》》と呼ばれる落下制御の魔法だという事はすぐにわかった。

『ソレ』の腕が己の身に纏《まと》っていた透明な布を剝ぎ取る。

《迷彩《カメレオン》》の魔法が掛かった薄い布だ。大気中に漂う霊素《エーテル》の色に合わせ、周囲の景色と魔法学的に同化する迷彩魔法である。大気中の霊素《エーテル》は無色、つまり霊素《エーテル》の色に合わせるという事は透明化するという事と同義である。

布の下から出てきたのは全高四メートルを超える巨大な灰色の鎧《よろい》だった。

『魔導鎧骨格《マギノ・ギア》⁉』

外から反応を検知したのであろう高橋が驚愕《きょうがく》の声を上げる。

魔導鎧骨格、ＭＧと略される魔導兵器だ。

それはパワードスーツとゴーレムの基礎理念を融合させて、身体能力の大幅な強化を目的とした魔力で動く陸戦兵器だ。狭く高低差の激しい都市戦において、三次元的な立体機動力が重要視されるようになって開発された『着る戦車』である。

『嘘《うそ》でしょ、第四世代型ＭＧ、《灰明《アッシュ・ドーン》》……なんでこんな所に。ていうかヤクザが持ってるようなもんじゃないわよこれ⁉　都市警察《シティカード》の特殊部隊のだよ⁉』

『これがＭＧか……ネット知識で知ってはいたが、実物を見るのは初めてだな。マッシブな上半身のフォルム、無骨で重厚感がありつつも洗練された印象を受ける、デザイナーのセンスの良さを感じさせるな……美しい……』

『言ってる場合⁉　早く逃げて！　いくらなんでもこいつは無理だよ！』

当然、ヒトが敵《かな》う相手ではない。

ＭＧにはＭＧを。それが鉄則である。

だが魔王は不敵に笑う。

目の前の新たなる脅威に対し、ベルトールの戦士としての本能が疼《うず》いていた。

「力試しには不足なさそうだな」

『――』

ＭＧに言葉を投げるも、返答はなし。

だがそれでいい、言葉を交わす必要はない。

「行くぞ！」

ベルトールはヤクザが落とした魔導銃を拾い上げ、ＭＧに銃口を向け、引き金を連続して弾いた。

初めて使う魔導具《マギノ・ガジェット》だが、《賢者の慧眼《けいがん》》によって触れた瞬間に使い方が理解できる。

銃口から魔法陣が浮かび上がり、そこから魔法の弾丸が三発放たれた。

《灰明《アッシュ・ドーン》》は動かず、《霊矢《エーテルアロー》》は全て命中する。

だがその灰色の装甲には傷の一つもついていない。

《灰明《アッシュ・ドーン》》は余裕の構えを崩さない。

それはそのはずである。ＭＧ側に負ける要素がないのだ。

通常の携行兵器では、《灰明《アッシュ・ドーン》》の装甲を抜く事などできないのである。

ベルトールの攻撃を受けた事で、本格的に《灰明《アッシュ・ドーン》》が迎撃態勢に入った。

「金属ゴーレムに似てはいるが、性能は比べ物にならんようだな……！」

それに合わせ、魔導銃を捨ててベルトールも疾駆する。

《灰明《アッシュ・ドーン》》の腕を覆うガントレットが開き、収納されている魔杖剣《まじょうけん》の柄《つか》をマニピュレータで引き抜いた。黒ミスリルで作られた魔杖剣は、魔力弾を撃ち出すバレットモードと、魔力剣を形成するブレードモードをスイッチする事のできる遠近両用の魔導兵器だ。

魔杖剣を中・遠距離専用のバレットモードへと変更させ、肘に取り付けられた補助腕で魔杖剣に金属製の大容量スクロール・カートリッジを装填。

肉眼では消えたように錯覚する程の速さで走るベルトールも、最新式のエーテルセンサーと神経接続したＭＧには簡単に捉えられる。

照準を合わせられ、魔杖剣の先端から青い魔力の弾丸が連続して射出された。

これは魔導銃の《霊矢《エーテルアロー》》と同質の物であるが、その威力は護身用の拳銃と、軍用のアサルトライフル以上の差がある。

強化されているとはいえ、生身の肉体で受けられるものではない。

青い弾丸は安普請《やすぶしん》の倉庫の壁を軽々と穿《うが》っていく。

ベルトールの速度でも逃げ切れない。

急に足を止めたベルトールを凶弾が捉える、その寸前である。

「《滅閃《デル・レイ》》！」

移動中に構築と展開を完了、無詠唱法で詠唱を省略、魔名を宣言し、魔法が発動する。

両腕を掲げたベルトールの掌《てのひら》の先から、黒い閃光《せんこう》が青い弾丸を飲み込みながら《灰　明《アッシュ・ドーン》》に向かって伸び、直撃し、圧縮された霊素《エーテル》が爆発を引き起こした。

爆煙が周囲に広がり、《灰　明《アッシュ・ドーン》》の姿を覆い隠す。

(流石《さすが》にこの程度で倒せるとは思えんが……)

煙を引き裂き、青い弾丸が飛び出してきた。

ベルトールはその場から飛び退り《しさ》、距離を取る。今までベルトールがいた場所を、青の弾丸が穿つ。

「魔力障壁か」

煙が晴れ、無傷の《灰　明《アッシュ・ドーン》》の姿が顕《あら》わになる。その前面には赤い障壁が展開されていた。

「全盛期ならばあの程度の防御、軽く貫けたものを……やはりフォロワー数たかだか百万程度の信仰力では、魔力放出量はこれが限界か」

『フォロワー数擦《こす》るね⁉』

ベルトールは高橋のツッコミを無視した。

信仰力がある程度戻ったとはいえ、全盛期には程遠い。

だが収穫はあった。

最新鋭の魔導兵器相手であっても、ベルトールの魔法は無効化されなかったのだ。

「悪くない、遊べそうだな」

ベルトールは腕を振るい、魔力で編んだ漆黒の鎧を呼び出して纏う。彼の魂から鍛造された魂魄《こんぱく》兵装の召喚だ。通常の魔法とは異なり、魂から造り出される魂魄兵装は簡単な儀式動作で召喚が可能となっている。

「《影剣《グラドスキア》》」

次いで影を束ねたかのような、武装鋳造の魔法で造られた黒い魔力剣が握られた。

剣を手にしたベルトールが前方へと弾丸のように疾駆する。

《灰明《アッシュ・ドーン》》は魔杖剣をブレードモードへと変更。銃身部分が展開される。

魔杖剣の先端から赤い魔力がブレード状に放出される。ブレードの長さは二メートルを超え、発せられる高熱で、大気が大量の羽虫が羽撃《はばた》くような耳障《みみざわ》りな音を立てる。

迫るベルトールを迎え撃つべく、《灰明《アッシュ・ドーン》》が構える。

『これまじでやばいってベルちゃん！』

「接近戦で余とやり合うつもりか！　その意気やよし！」

《灰明《アッシュ・ドーン》》が地面を砕きながら走った――否《いな》、跳んだ。

ミスリル繊維を束ねた人工筋肉による補助に加え、強化魔法と、背面部のスラスターの効果で、時速にして百二十キロに達する。

巨大な金属の塊が高速で移動しているのだ、ただそれだけで質量の暴力となる。

だがベルトールは後ろに逃げるでもなく横に避けるでもなく前へと走った。

――無茶な特攻だ。

そう《灰明《アッシュ・ドーン》》の搭乗者は思っただろう。重量差は歴然。このままぶつかれば紙切れのように吹っ飛ぶ。

《灰明《アッシュ・ドーン》》はブレードを振りかぶり、横薙《な》ぎに払う。

ベルトールも剣を上段から振り下ろした。

黒の剣と、赤の光剣がぶつかり合い、閃光が弾《はじ》け、霊素《エーテル》が電撃を纏って地面を走る。

互いに刃《やいば》を弾き、再び打ち付け、切り結ぶ。

「たかが鎧と思っていたが、存外面白いではないか……！」

確かに強力な兵器ではあるが、中身の技量は並だ。それでも押し切れない事にベルトールは歯噛《はが》みし、並の技量でも歴戦の戦士を凌駕《りょうが》する程の力を手に入れられるというこの鎧を内心で賞賛していた。

『嘘でしょ……ＭＧと、正面から打ち合ってんの……⁉』

歯噛みするベルトールとは裏腹に、高橋の声は驚愕に打ち震えていた。

それもそのはずである。

生身で戦車を正面から受け止めているようなものだ。

ベルトールの強さを見ていたとしても、到底理解できるものではない。

「その程度か⁉　もっと余に本気を見せてみろ！」

ベルトールの挑発に乗ったのか、《灰明《アッシュ・ドーン》》のセンサーが光を放ち、出力が最大になる。

最大出力の《灰明《アッシュ・ドーン》》がベルトールの持つ剣ごと、その腕を力任せに弾いた。

彼我の重量差、出力差を鑑《かんが》みればそれは当然の結果であると言えるし、魔法で強化しているとはいえ生身でＭＧ相手に正面から数合打ち合えていたのがおかしいのである。

「見事……！」

ベルトールが防御の構えを取るより先に、《灰明《アッシュ・ドーン》》の魔杖剣が返す刀を振るう。

そして——魔王の首を切り飛ばした。

その傷口から血は出ない、高熱のブレードによる切断は、即座に傷口も焼くからだ。ベルトールが手にしていた剣も虚空《こくう》へと溶け、消える。

ＭＧの動きはそこで動作を停止した。

自身の仕事を全うした緊張感からの解放によってだ。

「おっと、まだ終わりではないぞ」


地面を転がった魔王の頭、その口が動き、声を発した。


『なっ……あ、頭が……!?』

外部発声装置から戸惑いの声が漏れる。ＭＧの搭乗者の声だ。

「一つ助言しよう。『勝関《かちどき》にこそ柄を握れ』、だ」

ベルトールの身体《からだ》が、落ちて転がった自身の頭を拾い上げた。

この程度のダメージであれば、今の信仰力なら一から再生する必要もない。無理やり頭を首に押し付け傷を塞ぐ。数秒も経《た》たないうちに完全に首が繋《つな》がり、傷跡も消え去った。

「余から一本取った褒美《ほうび》だ」

ベルトールの全身から、先程までの比にもならない程の魔力が放出される。

鎧《よろい》から立ち上る魔力は青黒い光を帯び、頭には霊素《エーテル》で造られた角冠《クラウン》を戴《いただ》く。

「魂に刻め、我が魔剣、その姿を」

ベルトールは片手を掲げ、五指を広げる。


「──黒天に狂え、《ベルナル》」


宣言と共に、ベルトールの手の中に闇が滲《にじ》んだ。

ずるり、と。

闇の中から片刃の剣が零《こぼ》れ落ちる。

「此奴《こやつ》の性能の全てを披露できん状態なのが心苦しいが、その目でこれを拝する赫々《かくかく》たる栄誉で、許せ」

それは魔王の持つ剣、勇者の聖剣イクサソルデと対で語られる存在、魔剣ベルナル。

黒天魔桜《こくてんまおう》の異名を取る、ベルトールの魂から鍛造された魂魄《こんぱく》兵装である。

先程までベルトールが使っていた魔法で創り出した剣とは、放つ魔力の質、そして何より格が違うというのが見ただけではっきりと理解できる。そんな異質な剣だ。

剣から発せられる魔力が周囲の霊素《エーテル》を揺るがし、黒い波動となって妖しく剣身に纏《まと》わり付いている。

それは見た者の魂に怖気《おぞけ》が走るような、根源的な恐怖を煽《あお》るカタチであった。

「どうした？　恐怖で腰でも抜けたか？」

『ッ……！　化け物め！』

《灰明《アッシュ・ドーン》》の搭乗者の狼狽《ろうばい》の声が響く。

ベルトールは一瞬で懐《ふところ》まで飛び込み、剣を振るうと、《灰明《アッシュ・ドーン》》の魔杖剣が床に落ちた。

魔杖剣を持つマニピュレータを切り飛ばしたからだ。

マニピュレータの切断面は赤熱化しており、液体霊素《エーテル》が飛び散り、冷却材が煙のように吹き上がる。

更に右の膝関節《しつかんせつ》部を、バターを切るように断ち切ると、大きくバランスを崩した。

《灰明《アッシュ・ドーン》》の脇を潜《くぐ》り、背後へ移動。そのまま背面部を一気に切り裂く。

背面排熱孔に繋がっている内部の冷却用チューブが切断され、保全システムが強制的に機体をシャットダウンし、動作が停止した。

冷却用チューブを切断すれば緊急停止するという事は、切り合っている最中に《賢者の慧眼《けいがん》》でベルトールは見抜いていたのだ。

MGと言えど魔導具《マギノ・ガジェット》の一種、弱点も把握できるのである。

「ふう、中々に楽しい戦いだったぞ。だが相手が悪かったな」

《灰明《アッシュ・ドーン》》の中の搭乗者に向けてそう言って、魔剣を振るう。

すると黒い刃は再び闇へと溶けて消えた。

「さて、こいつから色々と聞き出すか」

ベルトールが機能停止した《灰明《アッシュ・ドーン》》を見ながら呟《つぶや》いた。

『……お前達に吐く情報等ない』

パン、と。

乾いた音がMGの中から響いた。

それはヤクザの持っていた拳銃の発砲音と同質のものだった。

敗北した搭乗者が、MGの内部で自決したのだ。

「………」

強敵との戦いによって高揚していた気分が一気に冷え切った。

ベルトールは落ちている正方形の箱を回収すると、高橋が倉庫内に入ってきた。

「高橋、目的の品はこれか？」

「そうだけど、そんなことより――！　ＭＧの反応停止したけど……ま、マジで倒しちゃったの？」

「うむ」

「それで、ＭＧの中の人は？」

「自決した」

「えっ⁉」

「中々に肝が据わった奴だったな」

「うへぇ……」

高橋は物言わぬＭＧを見て、ゴクリ、と唾を飲み込んだ。

「つかベルちゃん首取れてたよね？」

「うむ」

「うむじゃないよ！　とんだグロ動画見ちゃったよ！」

「個の力をあそこまで引き上げる武装が存在するとはな……恐ろしい時代だ」

「いやいやいやいやいやいや、恐ろしいのはあんただよ！　個人でＭＧ戦闘不能にするとかマジい……？」

「といっても不意打ちのようなものだ。別に勝ち方に拘《こだわ》るつもりはないが、殊更誇るようなことでもない」

「どんな謙遜よ……てゆーかこれ……」

高橋が、MGの側面を見やる。

そこには松明《トーチ》を象《かたど》ったシンボル、IHMIの社章《シンボル》が刻まれていた。

「これ……IHMIの社章じゃん。つまりこれってIHMI警備部の物？　ヤクザに流出するなんてありえないし、この取引……もしかしてIHMIが噛《か》んでるの……？　めっちゃきなくさくなってきてない？　てゆーかバヤな仕事を請け負った可能性が……!?」

「それよりもだ」

「それよりもで流すもんじゃないスキャンダルだよこれ！　新宿市一の大企業がヤクザと癒着してるかもしれないのに！」

「別にこの世界で企業がヤクザと癒着していようが余にはどうでもいいからな。先程の戦闘中、男の一人が仲間を撃っていたんだが、あれは其方《そなた》の援護だろう？」

「流石《さすが》に大物の貫禄《かんろく》……さっきやったのは霊竄術《エーテルハック》。戦闘中に男のファミリアをハッキングして視覚情報を書き換えて、陰ながら援護してたってわけ。まあいらなかったけどね。今回も本当は、ヤクザが取引した情報を精査する瞬間にファミリアをハックして、横から情報を盗む作戦だったのよ」

「そうだったのか。すまなかったな、先行してしまって」

「結果オーライだったから全然オッケー。相手の対侵入防壁《ブラックアイス》に引っかかってこっちのファミリアごと神経が焼かれる、なんて可能性もあるから、ナマでファミリアへのハッキングはなるべくしたくないのは確かだしね」

「それで、これはなんなのだ？」

ベルトールは高橋に回収した箱を手渡した。

「これはミスリル製のメモリーキューブ、情報記憶媒体ね。あたしの依頼主はこれ……正確にはこれの中身がご所望だったの。というわけで中身を見ましょう」

「……こういうのは中身を知らない方がいいのではないか？」

「いいのいいの、だって気になるでしょ？　依頼主だって、あたしが覗《のぞ》き見するってのは織り込み済みよ。多分。そもそも当初の計画通りだったら情報見ないと駄目なわけだし」

高橋はホログラムモニタ付きタブレット型ＰＤＡをジャケットの内ポケットから取り出し、放棄された小型コンテナの上に置き、更にその上にキューブを載せた。

すると、キューブの表面に光の線が何本も走り、幾何学模様が作られ、その光の線に沿ってキューブが展開、内部の情報が端末に読み取られる。

空間にホログラムペーパーが投影された。キューブの中身のテキストファイルだ。だがペーパーには何も書かれていない。白紙状態だ。

「何も書かれてないぞ？」

「ステルス暗号化処理が施されてんね、ちょっとまって」

３Ｄキーボードを空間に出力した高橋が、素早い手付きでキーボードをタイプする。

「ほいっと」

実行キーを勢いよく叩《たた》くと、何もないペーパー上に文字が浮かび上がった。

「暗号解除とはこんなに手早くできるものなのか？」

「まさか、並のハッカーなら解除にもっともーっと時間掛かるでしょうね。まぁあたしは並じゃなくて超天才だからできる芸当ってワケ。んで中身は……」

二人はペーパーの中を覗き込む。

「〝薪〟、リスト……？」

ベルトールがペーパーに書かれたタイトルを呟いた。

ペーパーの頭の部分には共通語《エルフご》で薪リストと書かれており、人名が表記されている。

多くの人名にはチェックマークが付けられていた。

「んー？　多分人名だけど、どれも見覚えない名前ね。まぁ当たり前か」

「これは……」

高橋の反応とは裏腹にベルトールは真剣な面持ちでペーパーに書かれた名前を凝視している。

「どったの？」

「これは……不死の……余の民草達の名簿だ……」

マイネウス＝トーキンス、オージュ＝シュベール、セヴェルヌス＝セヴィレンタ、タイク＝ブレイカ、オールベール＝オルベルト、タラス＝ロッド＝スタン、レイチェット＝シュベルンハイク、ボーキンス＝レゼンデルト、ゲリユウ、ポルピュレ＝ドーン、ジュリエリア＝サノック…………。

どれもベルトールにとっては見覚えのある名前だった。

マキナの家臣であったオルナレッドとパームロックの名前もあり、チェックマークが付いている。

「不死者の……？」

「ああ……もしかしたら単なる偶然の可能性もある……だが、これは……」

マキナの言葉が蘇《よみがえ》る。

――不死狩りは第二次都市戦争の前に終わっているはずです。


連続する不死者の失踪。

失踪した者の名前が載っているリスト。

ベルトールの脳内に駆け巡る、一抹の予感。

「もしかして……公になってないだけで不死狩りはまだ続いてる……？　いや、結論づけるのは早計だね……ねえベルちゃん、この薪っていう言葉には心当たりは？」

「いや、ない」

「ほーむ……単なる不死狩りを生き延びた不死の名簿ってわけじゃなさそうね。マキナの名前は――ないみたい」

「そうか……」

マキナの名前がない事に、ベルトールは安堵《あんど》した。

本人も気付いていないが、それは昔のベルトールであったならば、安堵するなどという事はなかっただろう。

昔の彼はどの不死にも平等だったからだ。この何もかもが変化した時代で、彼もまた無自覚の内に変化していたのだ

「これがなんなのか依頼主に聞いてみるわ。ちょっと待ってね――――駄目、繋《つな》がらない。外部からの連絡はあんまり受けない奴《やつ》だから、やっぱり直接行かないと駄目みたい」

「わかった。余としてもこの件に関しては他人事《ひとごと》ではない。もし不死達に何かが起こっているのであれば、王としてそれを止める責務がある」

高橋は頷《うなず》き、二人はその場を後にした。

◆

二人が向かった先は、内新宿の歌舞伎町ストリートから少し離れた、環状高架線路の駅近くにある高級住宅街だ。

その中の一つ、タワーマンションに来ていた。

現在、ベルトールは武装を解除し、元のコートとジャージ姿に戻っている。

「随分大きいマンションだな」

「この辺りでもかなりお高いマンションね。依頼主はここの十三階、その一フロアを丸々買い取ってるの」

「金があって良いことだ」

「本人は全然金持ってるようには見えないけどね。この都市で多少なりともこういう仕事

に関わってる なら誰でも知ってる有名人、知らないやつはモグリね」

「有名な情報屋ってのもどうなのだ？　余はあまりそういった事情に詳しくないから的はずれなことを言っているかもしれないが」

「まぁ、そこはそこってことで……」

喋《しゃべ》りながら二人はマンションのエントランスに足を踏み入れる。

エントランスは二重の強化ガラス扉で外と中が隔てられており、守衛室と呼び出し用のインターホンが置かれている。セキュリティのしっかりした高級マンションだ。

「おい高橋、これ住人じゃないと開けられないタイプじゃないのか？」

「ああ、平気平気。付いてきて」

高橋はインターホンで呼び出しをせずに、そのままガラス扉へと向かう。

高橋が近くまで寄ると、何もしていないのにガラス扉が開いた。

「これもハッキングか？」

「ふふん、あたしに掛かればマンションのセキュリティなんてあってないようなものね」

「鍵要らずだな」

「でしょ？　んふふふふ。褒めて褒めてー。まぁ物理的なセキュリティはどうしようもないけどね」

そのままエントランスの奥にあるエレベーターへと足を進め、中へと乗り込む。

ベルトールはエレベーターのコンソールの前へと陣取った。

「高橋」

「なあに？」

「余にボタンを押させてくれ」

「いいけど、なんで？」

「好きなんだ……こういう、ボタン押すの……」

「エレベーターのボタン押すの好きな魔王初めて見た……」

ベルトールはエレベーターのボタンを押す。

「ふむ？」

だが何度押しても反応しない事に、訝《いぶか》しんだ。

「壊れているのか？」

「ああ、ごめんごめん、ここ十三階には直通でいかないんだよね」

ベルトールに代わって、結局高橋がコンソールを操作する。

「まず二階、そして十七階、その後四階に戻って、最上階へ、そうするとようやく十三階のボタンを押せるのよ」

「なんだそのめんどくさいのは……」

「まぁ偏執狂の考える事はよくわかんないからねえ。セキュリティのつもりなんでしょ」

面倒な手順を経て、十三階へと到着した。

エレベーターの扉が開き、ベルトールが外へと出ようとすると高橋が制止する。

「待って」

「どうした？」

「依頼主――エジュウって言うんだけど、フロア全体にトラップを設置してあるから、下手に足踏み入れたらいくつものトラップですぐ蜂の巣よ」

「なるほどな……ん？　いやないぞトラップ」

ベルトールは無造作にエレベーターから出た。

あまりにも自然だったために、高橋の反応が一瞬遅れた。

「え？　うぉおい！　ちょっと！　ちょっとー！」

「正確には魔法、物理双方の罠《わな》が全て解除されているようだな」

「ちょっとまって、走査《スキャン》してみる。…………うわほんとだ、このフロアの魔力反応がなくなってる。なんでわかったの？」

「フハハッ、余を誰だと思っている？　魔王の業務にはダンジョンの建造、運営も含まれる。であるならば、トラップの有無を見分けるのは朝飯前だ」

「なるほどねぇ」

そのまま罠が作動することなく十三階の一室の前までやって来た。

高橋がインターホンを鳴らすも、反応はない。

「おっかしいな。流石《さすが》に鳴らせば出てくると思うんだけど」

「待て高橋、鍵が開いてる」

「え？」

ベルトールがドアノブに手を掛け、回すと扉が開く。

「……罠が解除されてたり、鍵が開いてたり……これ何かあるわね」

「ああ、戒心しながら進め」

そのままゆっくり部屋の中に入っていく。

間取りを知っている高橋が前を行き、ベルトールはすぐにカバーできるように後ろに付く。

「しかし広い部屋だな」

「家賃めためた高いからねー」

「余も金が貯《た》まったら、マキナと共にこういう部屋に引っ越したいものだな……」

言いながら、リビングへ至るドアを開ける。

だだっ広いリビングにはほとんど物が置かれていない。カーペットも敷かれておらず、あるとすればキッチンの業務用冷蔵庫くらいだ。

「うぇっ……何この臭い、ひっどいわね……嗅覚オフっとこ……」

「……この臭い」

不快な異臭が、リビングに満ちていた。

ベルトールはこの臭いをよく知っていた。

警戒態勢を取りながら、リビングの奥にある扉の前で二人は止まった。臭いは奥へ続くほどに濃くなっていた。

「ちょっと、エジュウ。いないの？」

ノックをするも、応答はない。

仕方なく扉を開け、エジュウの部屋へと足を踏み入れる。

何もないそれまでの部屋と比べると、雑多で汚れた部屋だった。

飲みかけの容器、スナック菓子の空袋等が床に散乱しており、部屋自体は広いのだが、ゴミのせいで実際の広さよりもかなり手狭に感じられる。

その原因が部屋を囲うように設置された巨大なショーケース。ショーケースの中には、大量の美少女フィギュアが飾られていた。きちんと並べられているものの、数が尋常ではなく、百や二百ではきかない。圧巻というよりは、恐怖を覚えるような光景である。

部屋の奥、机と高級ゲーミングチェアがあり、そこにぐったりともたれかかっている姿があった。

「エジュウ。いるんじゃない。寝てるの？」

高橋は散乱しているゴミを乗り越えて、椅子の背もたれに手をかける。

もたれかかっていたものが、バランスを崩して床へと倒れ込む。

「ひぁ……」

その姿を見た瞬間、高橋が腰を抜かして床へと座り込んだ。

一斉に集っていたハエが飛び上がった。

エジュウは、死んでいた。

「し、死んでる……！」

高橋は慌ててベルトールへと縋《すが》り付き、立ち上がる。

「ん？」

物言わぬエジュウの顔に、ベルトールは見覚えがあった。

身なりの良いオークの男性の姿だ。

「この顔は……」

「知ってるの？」

「ああ、一度だけ見たことがある」

ベルトールが仕事を探している時に、履歴書をくれたあのルンペンであった。

「その時は見窄《みすぼ》らしい格好をしていたが、まさかあいつがエジュウだったとはな」

「ああ……自分の足で情報を探す時はルンペンに変装するのよ、彼」

高橋はショックは受けているものの、取り乱したりはせずに平静であった。

この新宿という都市で、それも霊竄士《エーテルハッカー》という特殊な仕事をしていれば、死体を見るのは珍しくもないのかもしれなかった。

ベルトールはしゃがみこんで、エジュウの死体を調べだした。

「死後四日といったところか」

「うげ～……」

蛆《うじ》の集る傷口を見ながら、なんでもないことのようにベルトールは言う。

「傷口は二箇所、心臓と首。魔法系のトラップが作動しなかったのは、そもそも設置した術者が死んでいたからだったのだな。自動発動にしておけばいいものを」

ベルトールは周囲を見渡す。

「椅子毎《ごと》背後から刃物で心臓を一突き、その後ファミリア毎頸動脈《けいどうみゃく》を掻《か》っ切られている。傷口と飛び散った血から見るに、凶器は約三トルム（約一メートル）程か……」

「よくわかるわねそんなの……」

冷静に分析するベルトールを見ながら、高橋は言う。

「何を言っている、余は不死の魔王だぞ」

「うーん、魔王だぞって言葉が持つ謎の説得力すごいなー……そう言われたら納得するしかないもんなー……」

「しかしこのタイミングで依頼主が死んでいるとはな……」

「エジュウは敵も多いからね……いろんな所から恨みを買ってたし」

「いや、怨恨《えんこん》説は薄いな」

「なんで？」

「怨恨にしては手際《てぎわ》が鮮やかすぎる。傷口に一切の感情が乗っていない」

「感情が乗るって……そんな事あるの？」

「ああ。刃《やいば》は人の感情を一番如実《にょじつ》に表現するからな。深い怨恨であるならば、傷口も自然とそうなる。これは事務的に殺された傷だ」

「殺し屋……ってこと？」

「それも相当に訓練された暗殺者だな」

「確かに、あれだけのトラップを抜けてエジュウに気付かれずに暗殺するなんて、普通できるもんじゃないからね……でも、もしかしたら恨みを買って暗殺者を差し向けられたのかもしれないよ？」

「それも不可解だ、怨恨ならば何故《なぜ》ファミリアを破壊する必要があった？」

「たまたまじゃないの？」

「たまたまではファミリアを破壊する必要はない。単に殺すつもりなだけなら心臓を破壊するだけで定命は死ぬからな」

「……ファミリア内の情報を破壊したかった？」

「それだ」

高橋の言葉にベルトールはうなずく。

「この男を殺した犯人、あるいは殺しを依頼した者はこの男のファミリア内の情報を消したかったのだろう」

「それってもしかして、あたしが受けた依頼とも関係あったりするかな」

「可能性は高い。この男が依頼をしたのはいつだ？」

「待って、ログ確認してみる。……一週間前だ」

「という事は高橋に依頼をした直後に死んだのか。依頼主もファミリアの情報も失われたとなれば、手掛かりはこのリストだけか……」

「……うん、まだ手はあるかも」

　言って、高橋は部屋の中を物色し始める。

「多分、エジュウのファミリアに決定的な情報は入ってないわ。それに部屋が物色された様子もない。あいつは一流の情報屋であると同時に、一流の霊竄士《エーテルハッカー》でもあるもの」

　ショーケースをひっくり返し、カーペットを引っ剝《ぺ》がす。

「ネットに接続せざるを得ない状況の多いファミリアは、侵入される可能性が常に存在している。ある意味一番情報をしまっておくのに適さない媒体と言えるわ。であるならば、スタンドアローンの媒体に情報を保存しておくのは自明」

　机の下に潜り込み、引き出しを開ける。

「あった」

　高橋は引き出しの裏側に隠されていた一枚のコンピュータを取り出した。

「それは？」

「旧《ふる》いタイプのラップトップコンピュータ。中身は魔改造されてるだろうけどね」

言って、高橋は床に座りながらコンピュータの電源を入れる。

「バッテリーは……よし、切れてないみたいね。ってあれ？　ログインにパスワードが必要ない……？」

訝《いぶか》しみながらも、高橋はラップトップコンピュータを備え付けのキーボードで操作していく。

タイムスタンプが一番新しいファイルを検索、ソート。

日付が一週間前のフォルダを開く。

３Ｄフォルダ内の中には、何千、何万というファイルが無秩序に浮遊している。

「何これぇ、ファイルが全部壊れている？　どうしようもないじゃんこれ……」

ファイルは、その全てが破損して、無意味なトラッシュデータとなっていた。

「……いや違うな、これはただの破損したファイルじゃない」

横から画面を眺めていたベルトールが頭を横に振った。

「え？　どゆこと？」

「フォルダ内のファイルの配列を俯瞰《ふかん》して見てみろ、これは術式の呪文構成に似ている。これには何か意図が隠されているな」

「あっ！　なーるほど。術式アレイか……てかなんでパッと見ただけでわかったの？」

「一見無意味な散らばったゴミに見せかけて、まとめて見ると意味を持つという謎掛けは古《いにしえ》の時代では多くあったからな」

「んじゃあ……」

手早い操作でコマンドウィンドウを呼び出し、高速でキーボードを叩《たた》いて命令文を入力していく。

最後に高橋が実行キーを押すと、フォルダ内に入っていた数千の破損されたファイルが消え、動画ファイル一つだけが残された。

破損していたデータを結合し、動画ファイルに復元したのだ。

「ビンゴ！　ベルちゃんの言う通り！　あ、ねえねえ今のビンゴってセリフちょっとハッカーぽくない？　ねえねえねえ」

「何を以《もっ》てハッカーっぽいのかよくわからんが……」

復元された動画ファイルの名前をベルトールは見やる。

「不死炉計画について……」

その単語には聞き覚えがあった。

マキナの二人の家臣が失踪した時にメモに残していた言葉だ。

「開くよ」

「ああ」

高橋がファイルを開く。

ディスプレイ内に動画アプリのウインドウが展開される。

そこに映っているのは小綺麗《こぎれい》な身なりの、生前のオークの男の姿であった。

「エジュウ……」

『よお』

画面の中のエジュウが、片手を挙げて気さくに挨拶をする。

『この動画を見ているという事は、もう俺は殺されてる事だろう。あ、一度やってみたかったんだこういうの』

「馬鹿ね、こいつ……」

どこか寂しげに、高橋は画面の中の旧友に向けて言う。

『これを見てくれてるのはバニーボーンか、ビルか、氷桜《ひお》か、シャルか、はたまた俺を殺した誰かなのか。まぁそれはわからんが、別に殺した奴《やつ》がこれを見ていた所でこの動画は意味のないものだろうからどうでもいいか』

柔和だったエジュウの目つきが、真剣なものに変わった。

『結論から言おう――この都市の栄光ある繁栄の裏には、凄惨なる邪悪が存在している』

画面の中のオークの男が続ける。

『世界有数の大都市、新宿のインフラの基盤、我々の生活を成立させている動力炉、エーテルリアクターは胸糞《むなくそ》の悪い欺瞞《ぎまん》で満ちている。この都市の発展の裏には、隠蔽された多数の犠牲が存在するのだ。現在の新宿市は、無辜《むこ》の者達、その命の上に成り立っている』

「エジュウの誇大妄想……ってわけじゃなさそうね……この語り口は」

『アルネスから存在している不死を焚《く》べ、その魂を薪として燃焼させ、霊素《エーテル》へと変える機関――不死炉を利用してエーテルリアクターに霊素《エーテル》を供給し、都市に魔力と電力を送っているのだ。俺達は……他者の命で暖を取っていた。都市の発展、技術の進歩に犠牲がつきものであるのは承知しているが、俺には許せなかった』

「不死炉……」

呟《つぶや》くベルトールの声は低く、冷たい。

『本来エーテルリアクターってのは、星の中心から湧き出て地中を走る霊素《エーテル》の線――霊脈《エーテライン》から霊素《エーテル》を汲《く》み上げ、魔力と電力に変換し、供給する機関だ』

エーテルリアクターについての概要は、ベルトールも知っていた。

ネットで調べた事があったからだ。

『通常、小規模の都市であれば霊脈《エーテライン》が三本以上重なり合ったオーバーレイの直上にエーテルリアクターは建造される。当然ながら独立した三本の霊脈《エーテライン》上にエーテルリアクターを三基建てるよりも、重なった場所に建てた方が建造コストが安く済むし、オーバーレイからの方が効率よく霊素《エーテル》を汲み上げられるからだ』

「あー、今まであんま気にしてなかったけど、こういうとこちゃんと説明してくれるのエジュウのいいとこだったなー」

『新宿市レベルの大都市の電力を賄うには、一基の大型エーテルリアクターであるならば十本分のオーバーレイが必要となる。市で公開されている情報資料にも、十三本分のオーバーレイがリアクター下に存在しているとある』

だが、とエジュウは付け加えて続ける。

『この資料は改竄《かいざん》されている。もっとも。この都市の住人で、都市が公開している資料の情報精度を信用している者が存在しているとは思わないが』

「ま、そうね。権力のある巨大企業の都合で真実が捻《ね》じ曲げられるのは常だもの」

『第一次都市戦争前の地質調査では、新宿市は霊脈《エーテライン》の乏しい土地であると結論付けられており、実際領域内にある霊脈《エーテライン》はリアクター直下の二本のオーバーレイのみ。当時の都市の規模であればそれでもなんとかなるが、今現在の人口や、工場区域の稼働《かどう》率を鑑《かんが》みるに、二本では絶対に足りない。だが何故か、不死狩り後のデータでは霊脈《エーテライン》が十三本に増えている。霊脈《エーテライン》が増える事は通常ありえない。これは明らかな改竄だ』

ベルトールと高橋は、黙ってエジュウの言葉に耳を傾けている。

『そうなると次に浮かぶ疑問は、二本分のオーバーレイでどうやって現在の新宿市のエネルギーを賄っているのかという事だ。事実、こうして新宿市の電力は耐寒領域結界圏内であれば保証されているわけだし、賄うに十分なオーバーレイがあると考えるのが自然だ。だがそれだと最初の調査のデータと矛盾してしまう事になる』

その答えが――

「不死炉、か」

ベルトールの言葉に、応えるようにエジュウが続ける。

『旧世界の東京都都庁を改造、補修した現在のリアクターだが、本格的にその開発に着手したのは第一次都市戦争終盤、稼働開始したのは第二次都市戦争直前だ』

エジュウは一度息を整える。

『実はそのリアクターの建造計画の要が、不死炉計画であった。足りない分の霊素《エーテル》を不死炉で補い、それをエーテルリアクターに流し込み、変換して都市に供給していたのだ。低深度の施工《せこう》は新宿市の者を使っていたが、霊脈《エーテライン》の存在する大深度域では工員は都市外部の者や低所得者やルンペンを集めて行っていたというデータが残っていた。その大深度域で建造されたのが、不死炉である。そして、不死炉に関わった工員が戻ってきたというデータは存在しない。工員のデータの大部分が破棄されていたのだ』

「じゃ、じゃあ、不死炉を造るために動員された工員達はもしかして……」

「ああ、消されている可能性が高い。こういった大規模な謀《はか》りは、情報を知る者が少なければ少ない程いい。だから今まで表沙汰にならなかったのだろうな」

『不死炉は最初に言った通り、不死を焚べ、その魂を燃料として霊素《エーテル》へと変換する儀式魔法機関だ。恐るべきはその変換効率。定命の者を何万人と燃料にしたところで、大した霊素《エーテル》にはならない。だが不死は別だ。霊的上位存在に近しい不死の魂は、一人でも膨大な霊素《エーテル》へと変換できる。たった一人の不死で新宿市全域を長期間賄えるエネルギーへと変換できるのだ。それが強力な不死であればなおさらである』

「……」

ベルトールの表情からは、感情は窺《うかが》えない。

ただその瞳の奥に、静かな怒りが燃えていた。

『彼らはこの不死を、〝炉〟に焚べる燃料として〝薪〟と呼称しているようだ。俺の調べでは、最初に炉に焚べられた薪は、古い不死である六魔侯の一人、業剣侯《ごうけんこう》ゼノールであったらしい。アルネス史では魔王ベルトールと並んで重要な人物だ』

「ゼノール……」

ベルトールは己の臣下に思いを馳《は》せる。

ゼノールはマキナに劣らぬ程の忠臣であり、誇り高き武人でもあった男だ。

ベルトールにとっては、信頼できる臣下の一人だ。もし彼にマキナや、青雷侯ラルシーン並の魔導の才があれば、《転輪の法《メテノエル》》の発動方法を教える一人に加えていた事だろう。

『第一次都市戦争後に世界中で行われた不死狩りは、この不死炉に用いる薪を用意する為《ため》の体の良い言い訳だった。ＩＨＭＩは各都市に潜伏している不死を見つけ出し、捕らえさせ、そして集め、代わりに各都市に兵器の輸出や技術提供をしていたのだ』

「……内容聞くだけだとネットの陰謀論とか与太話レベルだけど、発言者の信用度が段違いすぎるわね……」

動画内に表示されたデータの数々を見ながら、高橋が言った。

『そもそも何故《なぜ》、俺がこんな事を調べていたのかと言えば、一言で言うならば復讐《ふくしゅう》だ。友人であった不死が不審な失踪を遂げてその足取りを追いかけている最中、偶然ＩＨＭＩの旧《ふる》いデータベースから不死炉計画の記録の残骸をサルベージする事に成功した』

「不審な失踪……マキナもそんな事を言っていたな」

『そして三ヶ月前、情報収集中にＩＨＭＩの刺客と遭遇し、その場は辛くも逃げ延びたのだが、奴らのガードが固くなって動きにくくなってしまった。ハッカー仲間に仕事を依頼したのはそのためだ。俺は幸運にも不死のリストを、ヤクザ・ギルドがＩＨＭＩに売りに出すという情報を入手した。使える薪がそろそろなくなってきて、不死炉の寿命が見えてきたという所だろう。終わったはずの不死狩りが、水面下で再開していたんだ』

「それでリストを掻《か》っ攫《さら》うのが、あたしが受けた仕事の内容だったんだね」

「そうだな」

『不死炉内の魂が燃え尽きたら当然ながら霊素《エーテル》の供給も止まる。それは新宿の心臓が止まるという事と同義だ。どんな手段を使ってでも、ＩＨＭＩの非人道的な悪事を暴きたいと思う反面、不死炉の全てを否定する事はできない。俺だってその恩恵を受けているし、それ以外のこの都市に住む多くの人々だってそうだ。俺は今の生活を支えているモノや、生活しているヒトを全て捨て去って復讐を成し遂げる強さも傲慢さも残念ながら持ち合わせていない』

エジュウの言葉には、悔恨の色が濃い。

彼なりに深く悩み抜いたのだろう、そうベルトールはその声と表情から判断していた。

『それでも俺の感情を抜きにすれば、不死炉というのはあってはならないものだと思う。だって、罪のない彼らを犠牲にしていい理由なんてないのだから。俺の知る優秀なハッカー達の中に、俺の撒《ま》いた種からこの動画にたどり着く者がいる事を切に願う。この事はＩＨＭＩにとってもその存在を揺るがす一大不祥事となりうる。これらのデータはまとめて、このＰＣに保存してある。公表するのもいいだろう、このまま闇に葬《ほうむ》っても構わない。全てはこれを見ている君次第だ。君に選択を委ねてしまうことを、どうか許してほしい』

最後に、彼は冗談めかしてこう言った。

『ま、こんな世紀の大問題をどうにかできる奴なんて、それこそ大昔に不死達の頂点に君臨していた、伝説の魔王様くらいのもんかもしれんが』

動画ファイルを見終わった二人は暫《しばら》くの間、口を開かなかった。

開けなかったのだ。

「あたしにとっての不死って、他の人より身近な存在だからさ。偏見持たれてるような悪い人達じゃないっていうのはわかってるし、人身御供《ひとみごくう》みたいな真似《まね》なんて……」

高橋は声を絞り出す。

「許せないよ、こんなの……」

「ではどうする？　ネットにこの情報を公開するのか？」

「それは……」

「其方《そなた》もこの者のように命を狙われる可能性もあるし、情報はそもそも揉《も》み消される可能性もある。もし仮にこの真実が暴かれ、不死炉を止められたとして、新宿市に住む人々の今までの生活は保障できない」

「……そ、れは……」

俯《うつむ》き、肩を震わせる高橋の肩に、ベルトールは安心させるように軽く手を置く。

「これは不死の問題だ。そしてこれをなんとかするのは魔王である余の義務だ。其方《そなた》は考えずともよい。全ての決断は余がする」

「うん……」

「死体はどうする？」

「このままだと可哀想《かわいそう》だけど、あたしらにできる事はないから都市警察《シティカード》に通報してどうにかしてもらうのが一番、かなぁ」

「そうだな、それが良いだろう。とりあえずこの話をマキナにもしなければならん」

「そうだね……あの子にとっても、辛《つら》い話だろうけど……」

ベルトールはマキナへと霊素《エーテル》通信を行う。

『マキナ、聞こえるか？』

だが応答はない。

心の奥底に、ふつふつと湧き上がる嫌な感覚。

腹の奥底に鉛を埋め込んだかのような不安感。

予兆も確証もない。

だが何故か確信にも似た奇妙な不吉さだけがある。

『マキナ……？』

言葉は虚《むな》しく。

いくら呼びかけても、応えはない。

第四章　決戦、魔王

時は少し遡る。

ベルトールが荷物を取りに外に出て、マキナは自室で一人夕餉《ゆうげ》の準備を始めていた。

彼女の視界にはまな板の上に買ってきた食材が載せられており、網膜投影型仮想ディスプレイの上には料理用アプリが起動してあり、視界内に認識された食材から逆算された料理のレシピが表示されている。

「今日はカレーにしましょう」

料理に一番必要なものは愛、そういつも使っているアプリの説明文には書かれている。

そして愛は口に出さなければ伝わらない。

なので、マキナは本日の夕飯のメニューを口に出すことで己を鼓舞した。

マキナはファミリアの音楽アプリを起動し、ファミリアを通じて脳内に流れる音楽に合わせて上機嫌に鼻歌を歌う。

「それにしても、食生活大分改善されたなぁ」

マキナはしみじみと過去を振り返る。

戦中や不死狩り中の極貧時代は一ヶ月何も食べられなかったのは普通だったし、戦後も各地を転々として安定した収入が得られなかったので一番に削られるのは食費であった。

戦中に大量生産して、在庫となった味気ないソイ・レーションを貰《もら》う為に早朝から配給所に並んだ事もあった。

「都市毎《ごと》にレーションも味付け違ったけど、網走《あばしり》が一番味気なかったなぁ……仙台は結構食べられたんですけど」

食用不凍液が混ぜられた毒々しい色のソイ・レーションに、マキナは思いを馳せる。

最低限の味付けしかされていない網走のソイ・レーションは、食事とはなんぞや、と改めて考えさせられるような食べ物であった。

そんな事も今はいい思い出だ。

ベルトールが来て、ライブ配信で得た収益で生活が華やかになった。

生活水準が向上しただけではない、彼がいるだけで日々に彩《いろど》りが生まれるのだ。

それは魔王が持つ天性のカリスマの賜物《たまもの》なのか、あるいは彼女自身の心境の変化なのかまでは、マキナもわからなかったのだが。

「よしっ、頑張ろっと！」

マキナがエプロンを付けようとしたその時だ。

安っぽいインターホンの音が室内に響いた。

「誰だろう?」

ベルトールではないだろう、扉は魔法で施錠《せじょう》を行っており、わざわざインターホンを鳴らす必要はない。高橋《たかはし》も違うだろう、遊びに来る時は必ず事前に連絡を入れてくる。

配達か、それとも何かの勧誘か、セールスか。

疑問に思いつつも扉を開いた。

そこにいたのは、マキナがまるで予想をしていなかった人物であった。


「やあ、どうもマキナ。お久しぶりですねぇ」


IHMI社長、元六魔侯、不死の裏切り者、王に仇《あだ》なす者、マルキュス。

「――ッ!」

その姿を見た瞬間、反射的に身体《からだ》が動いていた。

不死を裏切り、あろうことか王にまで弓を引いた逆賊。言葉を交わす必要すらない。

出会った瞬間に驚きは殺意へと変わっていた。

彼女の種族であるイグニアの特徴が発現する。

その髪と瞳に起動した魔力が通り、まるで篝火《かがりび》を灯《とも》したかのように、燃え上がるように鮮やかな真紅へと変化し、彼女の周囲の霊素《エーテル》が火の粉のような燐光《りんこう》を散らせ、煌《きら》めく。

「《鳳閃火《ほうせんか》》！」

その宣言を再会の挨拶とする。

最早《もはや》この男を同胞だなどと思う事は微塵《みじん》もなく、躊躇《ちゅうちょ》する事もなかった。

魔名の宣言で、ファミリアの量子演算処理素子が構築と展開の逆説的立証が行われる。

伸ばした手の先に火が灯り、それは一瞬にして火線となって前方の空間を焼き尽くし、トーフ・ハウスの欄干を吹き飛ばした。

敷金《しききん》の文字が脳裏を掠《かす》めるが、すぐに振り払った。

マキナが腕を振るうと全身が炎に包まれ、魔力で作った黒い鎧《よろい》に纏《まと》われた。

ベルトールの鎧召喚と同様の儀式動作で呼び出される、魂から鍛造された装備だ。

内に炎を抱く火黒石《イフリスタ》の如《ごと》き鎧から発せられる魔力に霊素《エーテル》が反応し、その頭に炎の角冠《ティアラ》を戴《いただ》く。

可憐《かれん》にして苛烈、煌灼侯《こうしゃくこう》の戦装束である。

マキナはそのまま玄関から通路へと足を踏み出す。

トーフ・ハウスのアパート二階の外、眼下には空きの目立つ駐車場にマルキュスが降り立っていた。その姿はダメージを与えられている様子はない。そもそも直撃していたとて、不死には単なる炎では致命傷にならない。

マキナは通路から駐車場に降り立つ。

対峙《たいじ》する真紅《ふしちょう》と深紅《きゅうけつき》の不死。

「マルキュス……！」

怒気を孕《はら》んだ、燃えるような緋色《ひいろ》の瞳で、マキナはマルキュスを睨《にら》み付ける。

対するマルキュスはあくまで余裕の表情で、その顔には薄ら笑いを貼り付けている。

「挨拶もなしにいきなりとは、随分と物騒になりましたねえ。昔の貴女《あなた》はもう少し慎み深かったと思ったのですが……」

「黙りなさい。どうせ私を滅ぼしに来たのでしょう。不死を裏切り、我が王を裏切った貴公は万死に値します」

マキナは獲物を狩る四足獣のように深く身を伏せ、地面を蹴った。

蹴り出した地面が爆発を引き起こし、魔力によって強化されている身体能力からの初速を更に加速させた。

先程からファミリアが、エーテルネットワークからの攻撃を防御したという警告メッセ

ージを立て続けに表示している。並行して霊竄戦《れいざんせん》も仕掛けてきているのだ。マキナも霊竄《れいざん》戦《せん》に明るいわけではない。防御に手一杯であり、こちらから反撃するリソースを割く事はできない。

故にマキナはファミリアとエーテルネットワークとの接続を切って、独立《スタンドアローン》状態にした。元々エーテルネットワークを介してバックアップをされているわけではないのだ。霊《れい》竄戦《ざんせん》が得意ではないマキナがファミリアをオンライン状態にしておく必要はない。

マキナが仕掛けるは速攻。

少量の出血でも致命傷となる血の魔法を使うマルキュス相手に、持久戦は不利だとマキナは判断した。相手に行動させる前に勝負を決める。

「《竜絶乱《りゅうぜつらん》》！」

加速しながらマキナは魔法を発動する。

マルキュスの足元に赤い魔法陣が展開され、そこから天上へ向けて火柱が立ち上る。

炎に飲まれる寸前、マルキュスはその場から退避していた。

「《血の剣《ブラッドソード》》」

霊素《エーテル》を血液に変換した剣が十三本。

「《月下火刃《げっかびじん》》！」

霊素《エーテル》を火炎に変換した剣が十三本。

同時に射出され、空中でぶつかり合い、爆炎が駐車場に広がった。

「流石《さすが》は煌灼侯！　魔法戦は互角といったところですか！」

マキナはマルキュスの軽口の相手をしない。

爆炎の中を潜《くぐ》り抜け、腕を伸ばし血術侯へ接触する。

「爆《は》ぜろ、《紅花《べにばな》》！」

マキナの掌《てのひら》が爆発を引き起こした。

ファミリア毎上半身を吹き飛ばすはずの一撃は、しかし寸前で片腕を吹き飛ばすだけに留《とど》まった。

「今のは少し危なかったですねえ、《血の雨《ブラッド・レイン》》」

後方へと飛び退《しさ》りながら、マルキュスは残った腕を天に掲げ、魔法を発動する。

上空から広範囲に渡り、血の雨が降り注ぐ。

それ自体の殺傷力は零《ゼロ》に等しい。

（まずっ……！）

だがマキナは、それが範囲攻撃の下準備だという事を知っていた。

「《火盾桜《ひたてざくら》》！」

「《血を爆弾に《ブラッド・トゥ・ボム》》」

二人の魔法の発動はほぼ同時。

マキナの周囲に炎の盾が展開され、マルキュスが周囲一帯に降り注いだ血の雨が、爆発を引き起こした。

「っ……！　家が……！」

周囲に火の手が回っており、マキナのトーフ・ハウスどころか周囲の建築物が派手に爆破されてしまっていた。住民の安否、引っ越しが早まった、家財道具、大家とベルトールに何と説明しよう、頭の中を駆け巡るあらゆる要素を今はひとまず置いておく。

爆煙の中で視界は不良。高密度の魔力により大量の霊素《エーテル》が乱れて網膜投影型仮想ディスプレイでのスキャンでは捉えられない。

マキナが次の一手を考えていると――

「《竜刀《りゅうとう》・千鳥《ちどり》》」

頭上から声がした。

仰げばスーツ姿の女――木《き》ノ原《はら》が刀を構えて屋根から落下して来ている所だった。

マキナの首を刎《は》ねんと、刀の柄《つか》に掛かった女の手に力が籠もる。

だが――

「《飛び陽炎《かげろう》》」

刀が鞘《さや》から抜かれ、マキナの首を斬り落とす、その寸前。

マキナの姿が揺らぎ、消えた。

「っ……!?」

驚きに目を見開く木ノ原の頭上を、マキナは瞬時に取っていた。

「血術侯が一人で来るとは初めから思っていません。必ず伏兵を仕込んでいるはず、当たりですね」

奇襲へのカウンターを決める。

「灰になれ！」

マキナは腕を伸ばし、木ノ原の全身を焼き焦がす魔法を発動させようとする。

しかし、だ。

「《強制停止《コード・ブレイカー》》」

マルキュスが放ったその一言で、マキナのファミリアの動作が停止した。

「えっ⁉︎」

視界内の仮想ディスプレイが全てシャットダウン、何の反応も示さない。

宙空で動揺したマキナの心臓に、木ノ原の刀が突き刺さる。

「かはっ……！」

そのまま身体を返され、マキナの身体は地面に縫い付けられた。

「ぐっ」

マキナは刀を引き抜こうと刀身を摑《つか》むが、手を切るばかりで引き抜ける様子はない。

そしてファミリアはやはりその機能を停止したままだ。

「社長、お戯《たわむ》れはお止《や》め下さい……」

煙の中から悠々と歩いてくるマルキュスに向かって、木ノ原が恨みがましそうに言う。

「初めから使って下されば、周囲に被害も出ずもっとスマートに制圧できたでしょうに」

……危うく死にかけましたよ」

「はっはっは、いやぁ、すみませんねぇ。少し遊んでみたくなったもので」

「マル、キュス……」

マキナの声に、マルキュスは下卑た笑みを浮かべる。

「ああ、ああ〜〜〜〜〜〜〜〜！　マキナぁ、貴女は私の好みではなかったのですが……そうやって無様に転がっている姿は、実にッッッ！　──いい……」

マルキュスは五指を頬に当てて気持ち悪い恍惚《こうこつ》の息を吐いた。

「何、を、したん、ですか……」

なんでもないような、さも当然といった口調と態度でこうマルキュスは言った。

「何って、私はただ貴女のファミリアの動作を停止させただけですが？」

「動作の停止……って、ファミリアはスタンドアローン状態だった……オフラインなら、霊竄術《エーテルハック》も意味をなさないはず……」

「私のファミリアは特別製でしてね、我社で開発している先行試作型ファミリア・アドバンスという代物なのです。これでバックドアを叩《たた》かせて頂きました」

「バックドア……？」

「ファミリアの基礎術式にはバックドアが仕込んであるのですよ。社長である私の宣言に反応して、強制的に停止させる、ね。だから現代のファミリアを使っている者は絶対に私に勝つ事ができない。そしてファミリアがなければ私とは勝負にすらならない。つまり、今現在世界最強はこの私ただ一人、という事です」

「そんな、事を、なんで……貴方《あなた》は……」

「私こそが真なる魔王となる為《ため》です」

「は……？」

「力による支配は時代遅れだ、今の時代は情報と技術、それさえ掌握してしまえば世界を支配できる――ですがそれではつまらない。私が絶対的な存在、即《すなわ》ち魔王になる必要がある、ベルトールなどではなく、この私がね」

マルキュスがマキナへと向ける視線は、虫を見るようなそれに近い。

冷たく嘲る視線だ。

マルキュスがマキナへと近付いてくる。

「それでは煌灼侯《こうしゃくこう》、この都市の礎《いしずえ》となってください」

そう彼が言うと、マキナの意識はブラックアウトした。

◆

嫌な予感がした。

だから二人は走った。

エジュウのマンションから、マキナの家まではそう遠くない。

住んでいるトーフ・ハウスの方面から煙が立ち昇っているのが視認できたが、ベルトールは努めて意識しない事にした。

意識してしまうと、足が止まってしまいそうだったからだ。

（なんだこの感覚は……）

家に近づくにつれて己の中で段々と大きくなる感覚の正体が、焦燥感だという事に、魔王であるベルトールは未《いま》だに気が付いていなかった。

マキナの家は、破壊されていた。

マキナのだけではない。周りの家屋、建物も軒並み破壊されていた。

周囲には野次馬の人だかりができており、都市警察《シティカード》が立入禁止テープを張って、現場に近づけさせないようにしている。

人垣を掻《か》き分けて、ベルトールは前へと進む。

『マキナ』

呼び掛けには相変わらず応答はない。

『マキナ……！』

歩みを進める度に心臓が早鐘を打つ。

「マキナ……」

ようやくベルトールは己の感覚の正体を自覚した。

同時に、歩みを止める。

気付いたのだ。

マキナが己にとって、自分でも思っていない程に大きな存在となっていた事に。

彼女が掛け替えのない大事な忠臣だという事は、ベルトールもわかっていた。だがそれは王と臣下という間柄の信頼関係だ。

しかしこの三ヶ月の間に、ベルトールにとってマキナは、一人の臣下以上の感情を抱く存在へと変わっていたのだ。

あるいは、そのような存在は彼が生きてきた中で初めてできた存在なのかもしれなかった。五百年前の魔王とは違う。その事実こそが、ベルトールの足を止めていたのだ。

「ベルちゃん、大丈夫？」

「ふう――……」

心配そうに問い掛ける高橋の言葉で、ベルトールは大きく息を吐きだした。

「いや、何でもない。大丈夫だ」

ベルトールは雑念を振り払った。

現状で必要なのは焦《あせ》りや憂いではない、次にどう行動するかという冷静さだ。

ベルトールは近くの野次馬の一人、ドワーフの男に声を掛ける。

「すまないが、ここで何があったのか教えてくれないか？」

「んぁ？　儂《わし》もよくわからんのだ、急に爆発音がしてな。気が付いたらこうなっていた」

「そうか、ありがとう」

ドワーフの男に礼を言うと、高橋が口を開いた。

「ベルちゃん、ニュースサイトに速報が載ってる。新宿市外周の住宅区域で爆発。事故か事件かどうかは……わからないわね、情報は錯綜《さくそう》してるみたい」

「せめてマキナの足取りがわかれば……」

ファミリアにいくら呼びかけても応答はない。エーテルネットワークを遮断しているのか、それとも応えられる状況ではないのか、それすらもわからなかった。

「大丈夫、あたしに任せて」

「どうやってだ？」

「この街には、〝眼《め》〟があるからね」

言って、高橋は空を指差す。

上空を飛び交うモノを見て、ベルトールは高橋の言葉が意味することに気付いた。

「ドローンか！」

高橋は頷《うなず》いた。

新宿市に無数に飛ぶ配送用ドローンには、防犯用のカメラが付いている。その録画映像さえ入手できれば、確かにマキナの足取りを探るのは難しくはない。

「しかし、ドローンのデータなどどうやって入手するのだ？」

「ふっふっふ……ベルちゃんあたしを誰だと思っているんだい？」

「……そうか、ハッキング！」

「そ。外新宿は監視用ドローンの数が少ないけど、配送用ドローンはたくさん飛んでるからね。そんでもって、配送用ドローンにもカメラは付いている。それを使うの」

二人はその場から離れ、人気の少ない路地へと向かった。

路地は狭く、屋根に覆われているので監視用ドローンからは死角になっている。

高橋はジャケットの内側からドクロウサギのステッカーが貼られたタブレット型のPDAを取り出し、古い木箱の上に置き、ホロジェクターを起動。

更に反対側のポケットから、U字型のアディショナルユニットを取り出し、ファミリアのソケットに装着。ユニットに付属しているケーブルを伸ばし、ＰＤＡに有線接続する。

「さぁて、ちょっと本気出すかぁ！」

言って、サングラス型の視覚情報拡張処理デバイスを装着する。

宙空に3Dキーボードを投影し、更に思考入力キーボードをファミリア内に展開。エーテルネットワークを介して、上空を飛び交う配送用ドローンを捕捉した。

「《盗視《ラッフィングマン》》、起動」

高橋は自身のファミリア内にある霊竄術式《ハッキングプログラム》を音声認識《せんげん》で起動《はつどう》させる。

ドローンの論理防壁の術式変動アルゴリズムに、リアルタイムで対応、改良し、書き換えていく。大小様々なウィンドウが忙《せわ》しなく開閉を繰り返す。

防壁にできた〝穴〟からシステムを掌握。感染型ウイルスプログラムを流し込む。

感染したドローンを踏み台に、使用している会社のサーバーへとアクセス、録画データをホロジェクター上に表示。

連鎖的に感染していくウイルスのバックアップを受けて、並列処理で別の会社のドローンを次々と捉えていき、その都度ホロジェクター上に表示。

小さな録画画面がいくつも表示され、その中からマキナのトーフ・ハウス周辺以外のものを人造精霊が自動で判別して弾《はじ》いていく。

「あった！」

高橋が膨大な録画データの中の一つに、マキナのトーフ・ハウスが爆発している瞬間を捉えた映像を発見した。

「やはり、家が爆発源か……」

「うん……前後の状況を確認するね」

時間を割り出して、更に精度を高めていく。

すると、とある人物が画面に映った。

「マルキュス!?」

マルキュスと木ノ原がマキナのトーフ・ハウスの階段を昇っていく姿が映像に収められていた。

「不死にして不死狩りを推し進めた人物……不死炉の建造に関わってるとは思ってたけど、こいつが黒幕か。それにしてもまさか社長が直接出向くとはね……徹底してるや」

「六魔侯を相手にするなら自身が出向く必要があるという判断もあるのだろうな。もう一人はあの時の女か。マルキュスの奴《やつ》……どうしてマキナの場所が……？　リストにはなかったはずなのに」

「待ってね、繋《つな》げてみる」

高橋が映像を操作して、視点は異なるがタイムラインが地続きの映像を作りだす。

そこにはマキナの家のドアが開かれた後に爆発が起こり、その後戦闘となる様子が映っている。

詳しい戦闘の様子はドローンが戦闘の余波で破壊されたのか見る事ができなかったが、最後に映ったのはマルキュスと木ノ原に拘束されたマキナの姿であった。

以上が映像の一部始終である。

「この後マキナは車に乗せられて、エーテルリアクターの立入禁止区域まで連れて行かれてる。やっぱり薪にするつもりなんだ」

「そうか、わかった。すぐに――」

「待って。逸《はや》る気持ちはわかるけど、場所がわかっても一人じゃ無謀だよ」

「……」

「リアクター近辺は新宿市の重要区画だからＭＧが何機も配備されていたりで、ただでさえ警備が厳重なの。ドローンも飛ばせない程にね。多分今はもっと警備体制は厳重になっていると思う」

高橋の言う事は、ベルトールも理解していた。

だがすぐにでも助けに行きたい気持ちが先行してしまっている。

「あたしはナビゲートはできるけど戦力としては役に立たないし、ベルちゃん並に腕の立つ知り合いなんていないし……ベルちゃんもこっち来たばっかだし……」

「当世での知り合い自体が少ないからな……更に戦闘面で頼れる者となると……」

「ど、どうしよう……このままじゃマキナが……」

高橋が焦燥に頭を掻く。

不死の者は連絡が付かず、現状ベルトールが知る限りの不死はマルキュスとマキナのみ。

そしてその双方ともが当事者なのだ。

他の者は行方もわからない状況である。

「昔からの知己の者なぞ今は――」

言って、気付いた。


「――いや、いる」

その人物に、ベルトールは心当たりがあった
たった一人だけ存在する。
力を貸してくれるかどうかはわからない、むしろ貸してくれない公算の方が高い。
だが、希望はある。

◆

肩で息を切らせ、ベルトールは彼の下へと辿《たど》り着いた。

高橋にはその場で待機してもらい、侵入ルートを探して貰《もら》っている。

待ち合わせをしていたわけではない、連絡を取っていたわけでもない。だがそれでも、彼がここにいるというのはなんとなくベルトールにはわかっていた。

そこはかつてベルトールがふらりと立ち寄った裏路地、ルンペン達が寝泊まりしている街の死角。

そこにいる一人の男に声を掛けた。

「グラム……」

勇者グラム。

魔王ベルトールの宿敵。

そして今この世界で、唯一ベルトールが頼りにできる戦力であった。

グラムは汚れた地面に座り込んで、汚れた外套《がいとう》を頭から被《かぶ》り、錆《さ》びた剣を抱いている。

「何をしに来たんだ？　もう問答をするつもりはないぞ」

そう冷たく言い放つ彼に、ベルトールは地に片膝をつき、頭を下げた。

「グラム、恥を忍んで貴公に頼みたい事がある」

深く、深く頭を下げて懇願する。

「余を……助けてくれ」

ベルトールは言う。

包み隠さずに。

あるいは懺悔《ざんげ》するように。

マルキュスの事。

不死炉の事。

マキナが連れ去られた事。

現状の戦力では、恐らくマキナを救い出せない事。

全て赤裸々に吐露した。

「頼む、グラム。今の余は、一人で助け出すだけの力を持ち合わせておらぬ。頼りになるのは、余にはもうグラムだけなのだ。だから、余に力を貸してくれ……」

隠し立てもせずに、ただ誠意を示すしかなかった。

「……それで」

グラムが外套の隙間からベルトールを睨《にら》む。

その瞳は侮蔑の色に満ちていた。

「それで僕に助けを求めるのか、ベルトール」

ゆっくりとグラムが立ち上がり、ベルトールの頭を見下ろす。

「……」

「僕の家族を殺し、仲間を殺し、多くの無辜《むこ》の人々を殺した魔族達。その王である君が、この僕に一人の不死の女を助けるために力を貸せと、そう言うんだな」

「……」

「何人ものヒトを、国を、理不尽に戦火に巻き込んでおいて、自分だけはそうやって無様に頭を下げて助けを乞えば助けて貰えると思っているのか、最低だな」

「……」

ベルトールは答えない。

ただ頭を下げ続ける。

「君のやろうとしている事は、エゴそのものだ」

吐き捨てるように、グラムは言う。

「不死とはいえ無辜の民の理不尽な犠牲の上に成り立つ社会は、僕だって許容できない。だが、エーテルリアクターはこの街の心臓。不死炉の話が本当であったとしても、君一人の私情で首を突っ込んで良い話ではない。そもそもこれは、個人のエゴでどうこうしていい問題でもない。不死炉の稼働《かどう》が止まれば、この街の存続が危うくなるんだぞ」

グラムの言葉には憤怒《ふんぬ》が籠もっている。

それはきっと、五百年分の怒りなのだ。

「君は、君の自分勝手で身勝手なエゴだけでこの街を滅ぼすつもりなのか？　この街で暮らす人々の幸せを奪うつもりなのか？　一を取る為《ため》に他の全てを殺すつもりなのか!?　答えろ……答えろ！　ベルトール！」

「一を取る為に他の全てを殺す……？　貴様ともあろう男が、莫迦《ばか》な事を言う」

ベルトールは顔を上げ、グラムの目を見返した。

「余を見損なうな、決まっておろう。どちらかではない、マキナを助け、この都市が抱える問題も解決する。そう、片方だけではなく全てを手に入れる」

なぜなら。

「——余は魔王ベルトール。この世界は、余が遍《あまね》く支配するものなのだから」

多数の他人と、一人を天秤《てんびん》にかけるのではない。天秤ごと手に入れる。

それが魔王ベルトールである。

勇者への応答としては最低の部類である。

だがベルトールは理解していながら、言い切った。

偽らざる真実である。

「だが……今の余には……もう何もない。国もなく、臣下もおらず、力もない。ただこうして敵であった者に頭を下げ、乞う事しかできん弱い存在だ」

「ベルトール……」

「だから頼む……余と共に来い！　勇者グラム！」

助けを乞う、などという殊勝な態度では決してない。

それは命令。

魔王として、勇者に命じたのだ。

魔王の言葉を聞いたグラムの瞳に、光が宿った。

「君は……まだ僕を勇者と呼んでくれるんだな……」

それは言葉に乗せるというよりは、その形に口を動かしたような、それほどまでに小さな呟《つぶや》き。

グラムは深い深い溜《た》め息を吐《つ》いた。

「どうやら僕は、どこまでいっても勇者でいたいらしい……君の求めに応じよう」

「……ありがとう」

「だが勘違いするなよベルトール、僕は君の力になるつもりはない、君を赦《ゆる》す事もない。僕はただ囚《とら》われた女性を救う手伝いをするだけだ。弱き者に助けを乞われたらそれに応じる、救いを求められれば手を差し伸べる。何故《なぜ》なら僕は――」

グラムは、その手を差し伸べる。

「勇者なのだから」

「……勇者と魔王が手を取り合うとは、今まで考えた事もなかった」

「僕もさ」

ベルトールは、その手を取った。

◆

『立ち入り禁止区域に入る事なく大深度域まで行くルートが見つかったよ』

ベルトールとグラムに通信が入ったのは、二人が協力関係を結んだ少し後の事だった。

ベルトールが説明し、グラムのファミリアに高橋が通信ができるようにしたのだ。

高橋は現在、ベルトールの指示で遠方の地上にて待機している。

高橋が言う立ち入り禁止区域に入らずに大深度域へと至る道、それは——

『旧新宿駅ネルドア地下大聖堂迷宮』

そうして二人がやって来たのが旧新宿駅に繋《つな》がる鉄扉《てっぴ》の前。ベルトールが、マキナと一緒にこの都市に出てきた場所だ。

空はすっかり暗くなり、夜へと時を移している。

霊素反応灯《エーテルネオン》の灯《あか》りが眩《まばゆ》く輝く中に、魔王と勇者はいた。

「本当にこのような場所からたどり着けるのか？」

『エジュウの残した過去のＩＨＭＩのデータにここから大深度地下に機材がいくつか搬入された記録が残ってるんだよね』

「しかし、それが正しいとして、どうやって目的地まで行くかが問題だ……ダンジョンを攻略している時間も残されているとは思えんしな……」

『ごめんね……正確な地図が残ってるわけじゃないから……』

「あぁいや、高橋のせいではない。其方《そなた》は本当によくやってくれている。ふぅ……本当にすまないな、高橋。やはり余は少しどうかしているようだ」

『ううん、しょうがないよ』

二人のやり取りを聞いていたグラムが、呆《あき》れた顔をする。

「君もそうやって取り乱す事があるんだなベルトール。しかしいくら余裕がないとはいえ、少女に気を使わせるとは、流石《さすが》は魔王様だな」

「言葉もない……」

グラムの皮肉に、ベルトールはただただ心咎《とが》めるばかりだ。

「そもそも、ダンジョン攻略程度ならばすぐ終わるだろうさ」

「何だと？」

「ん、ああ、そうか。君はダンジョンを作る側だからな。わからないのも道理か」

「どういうことだ？」

「僕は勇者、つまり潜る側だぞ。君の作ったダンジョンに限らずな、だからダンジョン攻略は得意なんだ」

グラムはいたずらっぽく笑う。

「《迷宮歩き《オートマッピング》》」

魔名の宣言と同時、光が地面を走った。

「なんだ、今の魔法は？」

「これさ」

言って、グラムは右手を出す。

するとその掌《てのひら》の上で、立体の地図が霊素《エーテル》に投影されている。

「迷宮内の壁や地面に魔力を走らせてスキャンし、その迷宮の地図を作り出す。僕が冒険で培《つちか》った中で作り上げたオリジナルの魔法だ」

「何?」

ベルトールが嫌そうに顔を歪《ゆが》めた。

「貴様は勇者の前に冒険家であろう?」

「な、何だいきなり」

「貴様には冒険家としての矜持《きょうじ》はないのか?」

「何ッ?」

魔王の言葉に、勇者がピクリと眉を跳ね上げた。

「矜持など必要ないだろ? 迷宮なんてさっさと踏破するのが一番だ」

勇者の言葉に、魔王はいよいよ激昂《げきこう》した。

「貴様、迷宮を作る者がどんな思いで作っているると思っているのだ! 色々と一生懸命考えながら宝箱や魔物を配置したり道を作ったりするんだぞ!」

「君こそ迷宮を冒険者がどんな思いで潜っていると思っているんだ! こっちは残りの食料や体力、パーティのギスギスに気を配りながら命を懸けて潜っているんだぞ!」

「ええい黙れ、貴様ー！」

「そっちこそ！」

二人は鼻がくっつきそうな距離で睨《にら》み合い、火花を散らす。

『あーはいはい。仲良いのはわかったから、二人とも遊んでないで』

その様子をモニターしていた高橋が、めんどくさそうに言った。

「なんだと、それは聞き捨てならないぞ高橋。余がこいつと仲良くするなどという事は未来永劫《えいごう》ありえないと言えよう」

「そうだよ高橋嬢、完全な誤解だ。今は協力関係を結んでいるけれど、僕たちはいつ殺し合ってもおかしくない間柄なんだ」

『こ、こいつら本当に伝説の魔王と勇者なのかなぁ⁉　とりあえず、収拾がつかないので静かにしてください』

歴史上の大人物二人が、叱られた犬のようにしゅんとなっている姿を見て通信越しに高橋は頭を抱えていた。

『今は喧嘩《けんか》してる場合じゃないでしょ。今はマキナを救う事が最重要、違う？』

確かに、と冷静になって二人は離れる。

「それで、その地図は正確なのか？」

「勿論《もちろん》。物理、魔法を問わずトラップの位置も把握できている。といってもトラップはほとんどなさそうだけどね。モンスターの反応もないから最短でたどり着ける」

「事ここに限っては拙速こそが尊ばれる。余も己の信念を曲げざるを得ないな」

「わかればいい。さぁ行こう」

鉄の扉をくぐり、二人は迷宮内に足を踏み入れる。

「その前に、高橋」

『何?』

「ここに来る前に話していた例の作戦の準備、経過は?」

『急ピッチで進めてる所。間に合うかどうかは、ベルちゃん次第かな。なるべく急いで、でもできれば時間を掛けて欲しいってのが正直なとこ。色々用意しなきゃならんし』

「わかった。博打《ばくち》ではあるが、其方《そなた》を信頼している。任せたぞ」

『了解、魔王様。あたしとしてもこんな大仕事初めてだからちょっと緊張しちゃうな』

「高橋、こういった土壇場《どたんば》に用意するべきものは何だと思う?」

『な、何よ急に藪《やぶ》から棒に』

困惑する高橋に向けて、ベルトールはこう言った。

「切り札だ」

迷宮の道中はあっけに取られる程にスムーズに進んだ。

迷宮への出入りは禁止されてはいない。アルネスの遺物である迷宮への入り口は新宿市内だけでも無数に存在するし、都市戦争時にはシェルターとしての役割も持っていた。

長いエスカレーターを下り、蜘蛛《くも》の巣のように広がる通路を最短かつ最適の距離で移動し、歪んだ線路を抜けた先、駅の壁にぽっかりと坑道が孔《あな》を開けている。

その坑道こそが、エーテルリアクター直下の不死炉へと続く道だ。

坑道はお世辞にも整備されているとは言い難《がた》く、ロープや工具がそこいらに放置されており、照明も古くなった霊素反応灯《エーテルネオン》の薄ぼんやりとした灯りだけが頼りだ。

『通信にノイズが強くなってきた。霊脈《エーテライン》に近づいてきてるから霊素《エーテル》濃度——通信——途切れ——作戦準——』

それまでナビゲートをしていてくれた高橋の通信が途絶えた。

霊素《エーテル》濃度の上昇によるジャミング効果で、遠距離霊素《エーテル》通信ができなくなったのだ。

仕方なく、二人はグラムのマップを頼りに坑道を進んでいく。幸い、坑道は一本道であるので迷う事はない。

「マキナ、無事でいろ……」

つい、ベルトールの口から小さくそんな言葉が漏れた。

「ベルトール、君は強くなったな」

歩みを進めながら、ぽつりとグラムが言った。

「ふん、貴様の方は随分と皮肉が達者になったようだな。信仰力は未《いま》だ弱体著しく、取り戻せていない。五百年前と比べると大分弱体化している」

「違う、皮肉じゃないよ」

グラムは首を振ってベルトールの言葉を否定する。

「君と直接相まみえた数は少ないし、時間も短い。君の全てを知っているわけじゃない。でも臣下が一人捕らわれただけで、僕に頭を下げるような真似《まね》、以前の君はそんな事はなかったはずだ」

「……」

グラムの言葉に、ベルトールは沈黙で肯定する。

「以前の君はもっと冷酷で、残忍で――弱かった」

「弱い？　今の方が遥《はる》かに弱いだろう」

「ううん。今の君は違う、今の君と昔の僕が戦ったら、勝負はわからないだろうね」

「……どういう事だ？」

「それは君自身が見出《みいだ》すべき答えさ。いや、もう既に君は答えを得ている。さて、そろそろ坑道の最奥《さいおう》になるけど——その前に一仕事する必要がありそうだ」

坑道の奥、二人の正面、その視線の先。

番人が一人、立ち塞がっていた。

スーツ姿の人間の女性、マルキュスの秘書、木ノ原だ。

彼女の背後には巨大な物資搬入用のエレベーターシャフトが見える。

不死炉へ向かうためのものだ。

エレベーターは既に降りており、シャフトがぽっかりと口を開いている。

「あら、本当に来ましたね」

木ノ原が驚いた顔でそう言った。

その手には黒塗りの鞘《さや》に納められた一本の刀、《竜刀・千鳥》が握られている。

「マルキュス様はここを魔王が通るから足止めをしろとアサインされましたが、まさか本当に来るとは思っていませんでした。まぁもう一人連れてくるのも予想外でしたけど」

木ノ原は、グラムの顔をまじまじと見つめる。

「もしや貴方《あなた》、勇者グラムでは……？」

「ああ、僕を知っているのかい？　光栄だね」

「データベースに残っていましたよ。二度の大戦で多大な功績を上げた不老の勇者。そうですか、まさか勇者が魔王に協力をするとは面白いですね」

グラムは応えずにベルトールよりも一歩前に足を踏み出す。

「あの子は僕が相手をする。心配するなベルトール、現役じゃないとはいえ、これでもまだまだやれるつもりだ」

「戯《たわ》けが、誰が貴様の心配などするか。どうせ勝つに決まっているのだからな」

勇者は振り向かず、剣を構える。

「だが戒心せよグラム、そこな女、剣の腕だけならばゼノールと同等かもしれん」

ベルトールは木ノ原との初日の邂逅《かいこう》を思い出していた。

万全の状態ではなかったとはいえ、ベルトールの眼《め》をもってしても捉えるのがやっとな程の斬撃を生身で放つ女なのだ。

だがベルトールの忠告に、グラムはむしろ楽しそうに笑みを浮かべる。

「へえ、じゃあ大したことないな」

グラムの不敵な物言いに、木ノ原は不快感をあらわにして眉根を吊《つ》り上げた。

「何ですって？」

「僕は業剣侯《ごうけんこう》ゼノールと剣技のみの一騎打ちで完勝している。であれば、僕が負ける道理はない」

「ふっ、そうだったな。剣の腕だけなら、貴公はまさしくアルネス最強だ」

勇者の背中に、ベルトールは声を投げる。

これほどまでに頼れる背中が存在するのだろうか。

剣を交わした敵としてではなく、今はただ戦場に並び立つ友として魔王は勇者を信頼していた。

「過去の亡霊共が、よくもまぁべらべらと舌が回りますね……！」

木ノ原が消えた。

青い雷の足跡を付け、稲妻が疾駆する。

一度の閃《ひらめ》きで二度の剣戟《けんげき》音。

鈍い銀と冴《さ》える青の光が煌《きら》めく。

木ノ原が接近し、二度放った攻撃をグラムが弾《はじ》き、鍔《つば》迫《ぜ》り合いをするという一連の攻防が、瞬《まばた》きをするよりも速く行われていた。

錆《さ》びた銀色の剣と、青雷を纏《まと》う刀が組み合う。

「ここは僕に任せて行け！　ベルトール！　行って彼女を救い出せ！」

グラムの言葉にベルトールは頷《うなず》き、そのままエレベーターシャフトに走り出す。

「行かせると思ってるんですか⁉」

木ノ原はグラムの剣を弾き、ベルトールを追わんと足に力を込める。

彼女の速度であれば、刹那の間に魔王の背に追いつけるだろう。

だが、グラムがそれを阻《はば》む。

「ちっ……邪魔を！」

木ノ原が舌打ちをし、悪態をつく。

グラムは右足を軸に、体捌《さば》きのみで木ノ原が踏み込むより速くその前面に回り込み、剣を振るい、木ノ原はバックステップで回避して距離を取る。

「僕が行けと言ったんだ、邪魔はさせないよ」

「亡霊が……！　お前達の時代はとっくの昔に終わっている！」

「そうだね、だけどまだ勇者を求める者がいる」

二人の立ち位置は完全に入れ替わっていた。

進む勇者と、待ち受ける女の構図は、エレベーターへと向かうベルトールの後ろ姿を守るように立つグラムと、その正面に立つ木ノ原という構図へと変化したのだ。

「起請《きしょう》せよグラム！　必ず勝ち、生き残ると！」

「承知」

魔王の言葉に、勇者が返す。

「《天威よ慄《おのの》け》！」

ベルトールは強化の魔法を己に付呪し、そのままシャフトに直接飛び込み、落下して不死炉へと向かっていった。

「そうですか、わかりました」

グラムは、彼女の放つ空気がやにわに変化したのを感じ取っていた。

番人から、戦士としての冷たい殺意を纏ったのだ。

「可及的速《ASAP》やかに。貴方を殺して、マルキュス様の下へ馳《は》せ参じればよいだけの話。それで結果をコミットできるというもの」

言いながら。木ノ原は刀の切っ先を下げた。その全身が脱力し、弛緩《しかん》している。

隙だらけだ。

だがグラムは仕掛けない。

一合目の切り合いで、彼女の実力の程は理解できていた。

強い。

掛け値なしにそう言い切れる。

何より、今仕掛けに行ったらやられると本能で理解していた。

「《白霞《ゼロベース》》、起動」


言葉と共に、木ノ原の全身が白光に包まれた。

「────ッ！」

悪寒《おかん》が勇者の背筋を走る。

五百年ぶりの感覚。

懐《なつ》かしさすら覚えるその気配を脳が受け入れる前に身体《からだ》が動いていた。

大上段から剣を振るう。

反応できたわけではない。事実、それはグラムの目に追えていなかった。

金属同士がぶつかり合う。

気付いた時には、グラムはその場から後方に吹き飛ばされていた。

空中で一回転し、着地し、ようやくそれを視認する。

「鎧《よろい》……？」

木ノ原は純白の鎧を纏っていた。

面頰《めんぼお》の如《ごと》きフルフェイス型のヘルムには、大きな目のような真紅のデュアルセンサーが付いており、全身を隙間なく覆う副装甲の上から、肩部、胸部、下腕部、腰部《ようぶ》、脚部を主装甲が覆っており、腰部装甲からは排熱マントが伸びている。

それは鎧《アーマー》と言うよりは、服《スーツ》とでも言うべきタイトさと無駄の無さで、節足動物の外骨格《エグゾスケルトン》を想起させるような形状でもある。

そしてその手には先程と同じ黒鞘と刀。

グラムの認識とは形状が大きく異なるが、この全身鎧を彼は知っている。

「ＭＧか……！」

「その通りです」

主装甲が展開し、余剰霊素《エーテル》と熱を排して白煙が立ち上る。

「これは我社で現在開発中の次世代ＭＧ、その試作機《白霞《ゼロベース》》です。武装召喚の応用で触媒から呼び出し、瞬時に装着する事が可能となっております」

「第五世代型のＭＧ……」

「そう。現在主流は第四世代型。この第五世代型《白霞《ゼロベース》》は第四世代よりも小型化、軽量化に成功しただけでなく、大幅な出力の上昇と同時に省エネルギー性を実現、これにより第四世代型よりも軽く、強く、長く、と三拍子揃《そろ》ったまさに業界にイノベーションを巻き起こすニュージェネレーションの機体と言えるでしょう」

「自社製品のプレゼンなんて、僕は求めていないのだがな……」

「尤《もっと》も、第四世代型と違い搭乗者の保有魔力量で稼働《かどう》時間が大きくブレるという欠点もあるのですが、それも追々解決できるでしょう。光栄に思いなさい。貴方はこの《白霞《ゼロベース》》のテストデータとなるのですから」

長いプレゼンテーションを聞き終わっていていても尚《なお》、グラムは手の痺《しび》れが残っている事に焦《あせ》りを覚えていた。

最初の一撃、完全に力負けをして吹き飛ばされてしまっていたのだ。

それまでの第四世代型のＭＧでは、グラムに遠く及ばない。

だがこの第五世代型ＭＧである《白霞《ゼロベース》》は、それまでグラムが都市戦争で戦ってきたＭＧを大きく凌駕《りょうが》する性能を持っているというのは、身を以《もっ》て感じられていた。

「武器も、所有者も、過去の遺物、ファミリアでさえも旧式。何もかもが古臭い。対する私は最新の機体に最新の訓練を受けている。正直、強さの面では語るまでもありません」

「御託はいい、新旧なんて勝負における一つの要素でしかないし、戦いで決するのは強いか弱いかではない。勝者か敗者か、それだけだ」

「そうですね。参ります」

《白霞《ゼロベース》》が弾けた。

その速度は先程よりも更に速い、なんとか目視で捉えられていた速度も今は動いた影を捉える程度にしか視認できない。

瞬間移動の如き速さで、《白霞《ゼロベース》》がグラムの眼前へと移動していた。

前傾姿勢で腰を深く落とし、刀を鞘《さや》に納めた抜刀術の構え。

雷が鞘走る。

雷の居合をなんとか弾いて逸《そ》らす。だが返す刀を振るよりも速く《白霞《ゼロベース》》は納刀して次の居合を射出する構えを取っている。

「ちぃ……！」

超高速の攻撃を、グラムが何故《なぜ》受けられているのか。

一言で表すのならば——勘。

そう表現する他ない。

五百余年の間に蓄積された戦闘経験値は、初見の相手にも有効であった。

だがその長く豊富な戦闘経験値があっても、木ノ原の戦闘力は、《白霞《ゼロベース》》を抜きにしても前例のない程に苛烈にして熾烈《しれつ》、強者と呼ぶになんら躊躇《ためら》いのない相手であった。

（……来る！）

グラムの思考と行動はほぼ同時。身体を仰《の》け反らせ、雷光の斬撃が鼻先を掠《かす》める。

《白霞《ゼロベース》》が放つ居合は雷速。常人であれば回避不能の一撃。

抜刀術はその性質上、線の攻撃となる。ＭＧの重心の動き、呼吸を読んで抜刀の瞬間に合わせているのだ。当然、フェイントも入れているがそれすらも読んでいた。

だがそこまで読み勝って尚、グラムは劣勢を強いられていた。

「攻撃に転じる隙がないとは……技術の進歩っていうのは凄《すさ》まじいね。都市戦争でこんなのと戦わなくてよかったよ」

《白霞《ゼロベース》》が跳ぶ。

「ハァッ！」

そのまま宙空から突き下ろす鉾《ほこ》を、剣を合わせる事で逸らす。

苦し紛れに前蹴りを《白霞《ゼロベース》》に入れて、なんとか距離を取る事に成功する。

竜の鱗《うろこ》をも砕くような前蹴りではあるが、《白霞《ゼロベース》》にダメージを与えられてはいない。

《白霞《ゼロベース》》のアシストパワーにより、本人も超高速戦闘を行っているが、真に雷速なのは居合だけで、通常の攻撃速度は『常軌を逸した』速度に留《とど》まっている。

（では何故彼女は、通常の斬撃よりも遥《はる》かに速い居合術を繰り出せて、更にそれを主体の

戦術を組み立てられているのか……それは居合術の動作そのものに絡繰《からくり》がある）

雷速の斬撃を繰り出すのは、単なる技巧のみでは不可能。なんらかの魔法が掛かっていると考えるのが自然。

納刀状態からの抜刀という一連の所作は、魔法的制約。つまりは詠唱や宣言を代替する儀式動作に類するもの。

即《すなわ》ち――

「納刀状態からの抜刀という条件下でのみ発動する魔法……！」

グラムの言葉に、表情は見えなくとも、バイザーの奥で木ノ原が笑ったように思えた。

「正解です」

主装甲を展開し、排熱と排霊素《エーテル》を行う。

「流石《さすが》は歴戦の勇者、といったところでしょうか。そう、それこそが私の魔法《雷光抜刀》。納刀を儀式動作に見立てた制限で、雷速の居合を魔法として成立させています」

魔法は制限を付けたり、術式を特化する事でその性能を増幅できる。

例えば血術侯マルキュスが血を用いた魔法を使うのも、血液に限定、特化した術式を組む事で威力と精度を上げ、コストを下げるといった意味合いがあるように、優れた術者は自分の得手不得手に応じた魔法のカスタマイズを行うのだ。

ですが、と言って木ノ原は続ける。

「それが理解《わか》ったとて、貴方《あなた》に勝ち目はありません。私の勝利はフィックスされています。第五世代MG、そして雷速の抜刀術、戦力差は歴然ですので」

灼《や》けた雷の足跡を残して《白霞《ゼロベース》》は行く。

「来い！」

殺意持つ白い雷が猛然と、叫ぶ勇者に襲いかかる。

◆

酷《ひど》い頭痛でマキナは目を覚ました。

頭の中に鉛でも注入したかのような重さがあった。

目の前には、茶色い土が見える。うつ伏せに寝ていたようだ。

意識を失い、魔力の起動が途切れたせいで戦闘時の黒い鎧《よろい》と赤い髪は解除されており、今は普段の白い服と銀の髪へと戻っている。

「こ、こは……？」

「新宿市大深度地下、エーテルリアクターの直下です」

答えを求めていない問いかけに、答える甲高い声があった。

マキナは声の元に目線だけ送る。真っ白い髪に褐色の肌、赤い瞳に長い耳。そして、真紅のスーツ。

彼女が知る男が立っていた。

「マルキュス……！」

起き上がり、飛び掛かろうとしたところで自分の腕が動かない事にマキナは気付いた。

四肢を黒い布で雑に巻かれ、拘束されている。

不死の力を阻害する呪符だ。

（そうだ、私はこいつに……）

マキナはそれまでにあった事を思い出していた。

突然来訪したマルキュスと木ノ原の奇襲を受け、彼女は敗北したのだ。

その後の事はあまり覚えていない。朦朧《もうろう》とした意識の中で、黒服の男たちに車の中に投げ込まれた事までは記憶していた。

「そう睨《にら》まないでください、旧友との再会を祝したいのですよ私は」

「痴《し》れ者が！　旧友だと⁉　戯言《たわごと》を！　王に仇《あだ》なしたお前なぞに友などと呼ばれる筋合いなどない！」

「おお怖い怖い。ベルトールが復活したので一応周囲を洗わせていたのですが、まさか貴女《あなた》が生き延びていたとは思いませんでしたよマキナ」

肩を竦《すく》めておどけるマルキュスを、射殺さんばかりの眼光で睨みつける。

「ここはどこだ！　何故ここに連れてきた⁉」

「先程言ったでしょう？　ここは新宿市のエーテルリアクターの直下。不死炉と呼ばれる霊素《エーテル》精製儀式魔法機関です」

「不死炉……？」

それはマキナの家臣であったオルナレッドとパームロックが残したメモに書かれていたものだ。

「不死の魂を燃料に、霊素《エーテル》へと変換する術式をそう呼んでいます。不死炉によって作られた霊素《エーテル》をエーテルリアクターが汲《く》み上げ、それを電力と魔力へと変えて新宿市に供給しているわけですね」

マキナは視線を巡らせる。

とても広い洞穴のような場所だ。巨大な要塞を丸々納められそうな程の広大な空間が、新宿市の直下に存在しているとは、マキナは想像もしていなかった。

そしてその空間の中央には、巨大な縦の孔《あな》がぽっかりと口を開いている。

大空洞の天井を貫くように、光の柱が孔から高らかに伸び、金属の筒に飲み込まれている。光の柱は強い光源となっており、他に照明のない広大な地下空洞を煌々《こうこう》と照らしている。

マキナにはあれがなんなのかすぐにわかった。

肉眼で確認できる程までに凝縮された霊素《エーテル》の柱が、エーテルリアクターに吸われて伸びているのだ。

そして柱が伸びている中央の孔が不死炉なのだろう。

（暑い……）

あまりにも濃い霊素《エーテル》が熱を持っている。

不死は霊素《エーテル》との繋《つな》がりが他の生物よりも魂レベルで深いので、まるで霊素《エーテル》が粘性を持っているかのように感じられる。

肌に張り付くような不快感、あまりにも濃い霊素《エーテル》で息が詰まりそうだった。

ここが霊脈《エーテライン》と称される星の血管である。

光の柱を見ながら、マキナは言葉をこぼす。

「不死の魂を……燃料に……」

不死の魂、燃料、不死炉、残されたメモ、マキナの脳裏にある可能性がよぎった。

「まさか、オルナレッドとパームロックを……」

「彼女達はいい薪になりました。最後までお互いの事を案じていましたよ。彼女達の友情いや愛情、美しいものでしたね。貴女が享受していたこの都市の発展も、安寧も、暖かい寝床も、全ては彼女達のような善良な不死の骸《むくろ》の上にできていたんですよ、ククッ」

「貴様、貴様ああああああああああああ！」

身を焼くような憎悪《ぞうお》と怒りがマキナの身体《からだ》を駆け巡る。

怒りによって、彼女の髪が炎のように真っ赤に燃え上がる。

不死は当然ながら死なない。

これは概念的、肉体的な死が存在しないという事だ。

だが魂が尽きた時、不死は滅びを迎えるのである。所謂《いわゆる》霊的死である。

「ふふふ、ああ小気味いいですねぇその憎悪。ついでにいい事を教えてあげましょう。業《ごう》剣侯《けんこう》ゼノール殿、いたでしょう。彼が一番最初の薪です。他にも同胞がたくさんこの炉で焼かれましたよ」

ゼノール。

それは彼女を不死狩りから逃した六魔侯の一人だ。

討たれたものだとばかり思っていた。

討たれていただけならまだよかった。オルナレッドやパームロック、他の不死にしても不死炉の薪になるなどという恥辱を受けていたなど、到底看過できるものではなかった。

ゼノールの最期《さいご》の言葉を思い出す。

——我が王を頼む。

傷ついた体と魂で、彼はマキナにそう言ったのだ。

「肉体を焼き、尽きるまで魂を燃やしたゼノール殿が受けた苦しみ、まさに想像を絶するものでしょうねえ」

「殺してやる……！　マルキュス！」

「貴女に怒る権利などあるのですか？　この街で生活していた以上、薪となった彼らの魂で生活していたのですよ？」

「私も薪にするつもりか」

「はい。この街の礎《いしずえ》となってもらいます。不死炉の存在はＩＨＭＩでもごく限られた者にしか知られていませんからねえ。戦後復興後のヌルい市民を扇動するのは難しいですし、表沙汰になると不死の人権だの言い出す輩《やから》が出て色々と面倒なので、機密保持の為《ため》にも直接私が出向く事にしているのですよ。不死炉の薪が燃え尽きる頃合いでしたので助かりました。この不死炉は新宿市の心臓、止めるわけにはいきませんからねぇ。幸い貴女も六魔侯の一人、代替のエネルギーを見つけるまでの時間稼ぎとしては十分保《も》つでしょう」

「……」

「さて……長話も終わりにしましょうか。不死炉の火入れ準備が整いました。後は不死炉に貴女を落とせば自動的にその魂は焼却され、この街の糧《かて》となります。イグニアである貴女なら、他の誰よりもその魂は燃え上がるかもしれませんねぇ……」

くつくつと笑うマルキュスの腕がマキナに伸びる。

「全ての不死を消し去り、私がこの世界の真の魔王となるのです……！」


絶望よりも悔しさが、悔しさよりも怒りがマキナを支配する。

滅びは怖くなかった。

不死は長く生きるにつれて、滅びを悟った時の恐怖が増すという話をマキナは聞いていたが、恐怖は微塵《みじん》も感じなかった。

ただ一つ、主《あるじ》を残してこの世を去る事だけが遺憾であった。

（ベルトール様……）

祈るように主の安泰を念じる。

神を信じぬ彼女が、一体何に祈り、念じるのだろうか。

ちゃんとご飯を食べられるのか、ちゃんと洗濯できるのか、こんな時にそんな他愛のない事ばかりが頭を駆け巡る。短い時間だったが、王との再会は本当に幸せであった。

(愛しておりました……)

愛《いと》しい主に、自らの王に対する愛は、一人の家臣としてのものではなく、一人の女としてのものにいつの間にか変わっていた。

その彼女の胸の内の声に応えるように──

──黒い風が吹いた。

それはいつか見た景色。

原初の記憶、未《いま》だ色《いろ》褪《あ》せぬ出会いの思い出。

強い既視感と共に風が言葉を紡《つむ》ぐ。

「すぐに諦めるのが、其方《そなた》の悪い癖だな」

──王の声が聞こえた。

「《血の盾《ブラッドシールド》》」

マキナへ向けられていた腕が虚空《こくう》へと向きを変え、その掌《てのひら》の前に薄く赤い血の障壁が展開される。

霊素《エーテル》を血液に変化させ、それを魔力で固めた盾に、黒の刃《やいば》が叩《たた》きつけられる。

黒の刃はまるで飴《あめ》細工を砕くように障壁を打ち壊し、伸ばしていたマルキュスの手首を切断、そのまま返す刀で喉元へ刃を突き出す。

ファミリア毎《ごと》突き刺す刃の軌道は、しかし空を切った。マルキュスが背後へと跳躍し、回避したからである。

倒れ伏したマキナを庇《かば》うように、その男は降り立った。

魔力で作り出した鎧《よろい》を纏《まと》い、黒の魔剣《ベルナル》をその手に持ち、長い黒の髪に漆黒の双眸《そうぼう》の美丈夫。

その姿を認めた瞬間、マキナの目に涙が溢《あふ》れた。

そう、その者こそ世界を相手に戦った、彼女の世界を救った魔王。

「すまない、遅くなったな。助けに来たぞ、マキナ」

「ベルトール様……！」

魔王ベルトールが、そこにはいた。

ベルトールは優しげな瞳で、安心させるようにマキナに言う。

「暫《しば》く辛抱してくれ。なに、身体の動きも多少は余のイメージに付いてくるようになってきた。すぐに其方《そなた》を救い出す」

ベルトールはその闇色の瞳を怒りに燃やし、眼前の敵を睨みつける。

「マルキュス」

マキナに掛けた声とは違い、その音は冷たい。

切り飛ばされた手首は、既に再生して元に戻っていた。

「ほう、以前よりは多少力を取り戻したようですねぇ。あぁ、私も見たんですよ貴方《あなた》の配信。流石《さすが》はネットの人気者といったところでしょうか？　チヤホヤして貰《もら》ってさぞ楽しかったでしょう？　遊んでばかりで羨ましいですねぇ、いや肖《あやか》りたいものです」

「我が臣下に手を出した事に申し開きはあるか」

「ありませんねぇ」

「他の六魔侯や、不死達を生贄《いけにえ》にした事については？」

「ございませんねぇ」

「では、最後に問おう。今一度我が軍門に下るつもりはあるか？」

「いいえ」

「そうか、ならば死ね」

語る口など持たないと、ベルトールが黒い風となり、駆けた。

「《血の剣《ブラッドソード》》」

マルキュスの周囲に霊素《エーテル》を血へと変化させ、魔力で固めた剣が展開される。

ファミリアによって改良、最適化された全力の《血の剣《ブラッドソード》》は、強度、速度、そして本数は五百年前を遥《はる》かに凌駕《りようが》している。その数五十。

同時に射出され、ベルトールを串刺しにせんと襲いかかる。

「はぁ……！」

向かい来る血の剣《ブラッドソード》の尽《ことごと》くを魔剣で打ち払い、斬り落とす。

固められた血の剣《ブラッドソード》が砕け、欠片《かけら》となって宙を舞う。

「《血を爆弾に《ブラッド・トゥ・ボム》》」

マルキュスの宣言で宙を舞う無数の凝固した血の欠片が爆発を引き起こし、爆煙を巻き上げる。

即座に爆煙の中からベルトールが姿を現す。

爆煙で汚れているが、傷もダメージも受けていない。

即座にマルキュスへと距離を詰め、魔剣を振るう。

対するマルキュスも《血の剣《ブラッドソード》》に魔力を込めて強化し、魔剣の一撃に合わせる。

赤い剣と、黒い剣がぶつかり合い、反発し合う魔力が衝撃を伴って弾《はじ》ける。

顔と顔がぶつかりそうなほどに近い鍔迫《つばぜ》り合い、魔王と血術侯が鎬《しのぎ》を削る。

「ほう！　強化魔法、当然そう来ますよねぇ！　既に発動している魔法は無効化できない！　貴方の術式の論理強度を考えれば解呪《ディスペル》も難しいですからねぇ！」

魔法は度々弓と矢に例えられる。

弓を構え、引き絞り、狙いを定めるのが魔法発動までにおける工程だとすれば、矢は魔法そのものだ。

矢を放った後に弓を破壊したとて、既に放たれた矢には影響がない。

つまりは、既に発動された魔法は無効化できないのである。

「不死を裏切り、侮辱したその罪は重い！」

「誰がその罪を裁くというのです⁉」

「当然、余だ！」

「貴方にそんな権利があるとでも⁉」

「ある！　余は魔王なのだからな！」

「貴方はもう古いんですよベルトール！　時代遅れの魔王に、この私が引導を渡してあげましょう！」

「思い上がるな凡俗が！」

叫び、言葉を交わすように二人は刃を打ち合わせる。

「ハァッ!」

裂帛《れっぱく》の気合をもってして、ベルトールは迫り合いをしていたマルキュスの血で作った剣ごと、その体を袈裟《けさ》に切り裂いた。

更に下段から剣を喉元を狙って突き上げる。

咄嗟《とっさ》にマルキュスは腕を振り上げ、盾にする事でベルトールの剣の軌道を変えた。

だが勢いは殺しきれずに、上顎から先を突きによって眼鏡ごと粉砕される。

頭部を破壊されてもマルキュスは動く。空いたベルトールの胴体に蹴りを放つ。

だがベルトールはバックステップでそれを回避、距離を取った。

「ふう、まるで容赦がありませんねぇ……」

吹き飛ばされた頭部が再生していく。

肉が、筋繊維が、神経が、骨が、血液が、糸状になって再生し、すぐに元の形へと戻っていく。

再生されると同時に、周囲に散っていった肉片等は塵《ちり》となって消滅する。

「通常の攻撃ではやはり勝負が付かんな」

ベルトールがひとりごちた。

不死同士の戦いは、如何《いか》に相手を拘束できるかという一点に絞られる。

純粋な殺し合いでは、決着が付かないからだ。

「当然狙いますよねえ、私のファミリアを！」

不死のマルキュスが有する唯一の急所だ。

これさえ破壊できればマルキュスの無構築法と無展開法を封じられ、無詠唱法を持つベルトールが圧倒的に有利になる。

マルキュスもそれが理解できているようで、他の攻撃を受けてでも首へのダメージを受けないように立ち回っていた。

「何度やろうと結果は変わらないんですよ！」

「以前の余だと思うな！」

「いいえ同じです！　ファミリアを持たずして、私に勝つ術《すべ》などありません！」

ファミリア以外にダメージを受けていいマルキュスに対して、ベルトールはマルキュスの攻撃を一度も受けてはならないという制限が掛かっている。

どの攻撃を受けてもベルトールが倒される事はないが、傷一つ付けば再生速度の関係上、マルキュスの魔法、《血を爆弾に《ブラッド・トゥ・ボム》》を始めとする血の魔法を受けて行動不能に陥り、完全に機能停止して拘束されてしまうだろう。

そうなるとマキナを助け出せないし、最悪不死炉に投げ込まれてしまう可能性もある。ファミリア・アドバンスによる魔法封じ、そして一滴の血を流させればいい。条件としてはマルキュスに分があった。

血術侯の強さはそこにこそある。

自他問わず、大気中の霊素《エーテル》に触れた〝血〟であれば、任意に操れるのが彼の魔法だ。対定命はもとより、対不死戦においても、少しでも血を流させればマルキュスの有利に勝負を進められるのだ。特に対多人数戦において、マルキュスの真価は発揮される。

それでも五百年前はマルキュスとて発動までに詠唱を経る必要があり、不死相手ではその間に傷口が再生され、血も消えるのだが、ファミリアで高速魔法戦が実現された今、その脅威と戦闘能力は六魔侯でも随一と言えよう。

「貴方は絶対に、私には勝てない。それを証明して見せましょう」

にやり、と。

再生したマルキュスの口が笑みの形に曲がった。

「《血を爆弾に《ブラッド・トゥ・ボム》》」

宣言と共にベルトールの右の人差し指に小さな爆発が起きる。

「――!?」

しまった。

ベルトールがそう思った時には遅かった。

爆《は》ぜたのはベルトールの血ではない。彼は傷一つ付いていない。

ベルトールの爪の先に、いつの間にか、マルキュスが自分の血を飛ばして付着させたのだ。自ら飛ばした血液を媒介にしたのである。

《血を爆弾に《ブラッド・トゥ・ボム》》の威力は大気中の霊素《エーテル》に触れた血液の量に左右される。ベルトールの身に起きた爆発は大きくない、爪が弾け飛んだだけのほんの小さな爆発。

だがそれで十分であった。

弾けた指先から出血、それが起点となる。

「ギャハッ」

吸血鬼が嘲笑《あざわら》った。

「《血を爆弾に《ブラッド・トゥ・ボム》》」

指先の傷から出た血を媒介に、更に爆発が起きて今度は人差し指が弾ける。

「つっ……！」

「ギャハハハハハハハハ！　《血を爆弾に《ブラッド・トゥ・ボム》》！」

更に咄嗟に庇おうとした左手ごと、右手首を吹き飛ばす。

「がっ！」

「《血を爆弾に《ブラッド・トゥ・ボム》》！」

手首から吹き出る血液が爆発し、肘から先が爆《は》ぜた。

飛び散った血液が、ベルトールに降り掛かる。

「ベルトール様！」

マキナが悲痛の叫びを上げる。

「《血を爆炎に《ブラッド・トゥ・エクスプロージョン》》！」

爆炎がベルトールを包み込んだ。

◆

（何故《なぜ》倒しきれない……⁉）

木ノ原はグラムを仕留めきれない事に苛立《いらだ》ちを覚えていた。

この男は強い。それは木ノ原も認めざるを得ない所であった。状況判断能力、情報の取捨選択、対応力の高さ。どれをとっても超一級品だ。

ベルトールと違い、旧式の量産品とはいえファミリアを装備しており、それも完全に使いこなしている。

先程から木ノ原が隙を見てはグラムのファミリアにハッキングを仕掛けてはいるが、外部セキュリティアシストもしていないのに異様に論理防壁が固く、逆にファミリア内の対侵入防壁《ブラックアイス》で木ノ原のファミリアを焼こうとして来る。

対侵入防壁《ブラックアイス》は、アルネスの古い魔導学における黒魔法の『呪詛《じゅそ》返し』の概念を基礎として構築されており、ネットワーク上からの悪意ある攻撃を防御《ブロック》する論理防壁よりも攻撃的な、対抗術式《カウンタープログラム》だ。

迂闊《うかつ》にファミリアに侵入して対侵入防壁《ブラックアイス》からの反撃を受ければ、最悪の場合、ファミリアを通じて疑似神経から脳を焼かれて死に至る。

(侵入は不可能ですね)

木ノ原はそう結論付けた。相手は霊簒戦《れいざんせん》の心得もあるようだ。

だがそれでも必勝の相手だと確信していた。

木ノ原は孤児であり、幼い頃に引き取られたＩＨＭＩのエリート人材養成施設で育った。施設では戦闘を始めとしたあらゆる成績が優秀であり、その中で頭角を現し、マルキュスの目に止まって齢《よわい》十六で社長秘書に抜擢《ばってき》された。新型ＭＧのテスターも務め、諜報《ちょうほう》員や戦闘員としてもマルキュスに重用されている。

「――そう、最先端の戦闘訓練を積んだ、選ばれし者である私に、時代遅れのロートルが勝てる道理などない……！」

戦局は常に木ノ原の有利に進んでいる。それは間違いない。

もし筋力や敏捷性《びんしょうせい》といったものが数値化されるとするならば、ＭＧを纏《まと》った彼女の総合能力値《ステータス》は、グラムと比べるとヒトと竜程に離れているはずだ。

だが何故か押し切れていない、有効なダメージを与えられていない。

受けられ、流され、透かされ、弾《はじ》かれている。

「《地の槍杭《アースグレイブ》》！」

グラムが魔名を宣言し、魔法が発動。

迷宮の地面が、何本もの鋭い槍《やり》となって木ノ原の足下から伸びる。

「この程度で！」

主装甲どころか、副装甲に傷一つ付けられない脆弱《ぜいじゃく》な魔法だが、まともに喰《く》らう道理もない。木ノ原は刀を横薙《な》ぎに振るって魔力で強化された土でできた槍を切り捨てる。

「《冷気の波濤《フロストノヴァ》》！」

続けざまにグラムが前方に極低温の風を巻き起こす。

一瞬にして大気が凍りつき、空気中の水分が凍結、細氷となって宙空で煌《きら》めく。

「舐《な》めるな、この《白霞《ゼロベース》》に冷気などと……！」

だが《白霞《ゼロベース》》にはこの程度の冷気は通用しない。

そもそもが低温下での運用を想定されている機体だ。冷気対策に抜かりはない。

「ああ、勿論《もちろん》効くとは思っていないさ」

グラムが余裕の声で言う。

「⁉」

そこでようやく木ノ原は気付いた。

先程の《地の槍杭《アースグレイブ》》で地面の形状を変化させ、今の《冷気の波濤《フロストノヴァ》》で脚部がめり込んだ地面を凍結し、動きを制限させたのだ。

《白霞《ゼロベース》》の出力であれば、この程度は足止めにもならない。

だがほんの僅か、ゼロコンマ数秒ではあるが、確かに動きが止まった。

「はぁぁぁぁぁ！」

跳躍したグラムが、剣を構えて《白霞《ゼロベース》》に飛びかかる。

落下速度に回転を加えた剛撃を、《白霞《ゼロベース》》は不安定な状態で受ける。

「くっ……！」

流石《さすが》の《白霞《ゼロベース》》も体勢が安定していなければそのスペックを十全に発揮できない。

グラムが左腕を伸ばす。そして次の行動に対して、木ノ原は対応ができなかった。

「《火球《ファイアボール》!》」

グラムの掌中に属性反応作用により赤熱化した霊素《エーテル》が、尾を引きながら集まっていき、束ねられ、球状へと圧縮される。

「なっ……!」

至近距離で、圧縮された炎魔法が炸裂《さくれつ》した。

たかが《火球《ファイアボール》》と言えど、勇者グラムのものは通常のそれと一線を画す。

直撃すれば鉄を溶かし、竜の鱗《うろこ》をも焦がすその威力はさながら小さな太陽の如《ごと》しだ。

大爆発を引き起こして吹き飛んだ《白霞《ゼロベース》》は壁に激突する。

「この……うざったい……!」

それでもダメージはほとんど受けていない。

ただ装甲を煤《すす》けさせ、煙を立ち上らせただけだ。ショックアブソーバーのおかげで振動で脳が揺れるという事態も起きていない。

勇者の使う魔法であっても、《白霞《ゼロベース》》に傷をつける事はできない。

「流石に硬いな……でも戦術は通用しているらしい」

「は?」

「さっきの連携は五百年前にとある魔族がやってたのを真似《まね》たものでね、最新の訓練とやらを受けた相手でも有効な戦術みたいだ」

「クソが、舐めるな……ッ！」

物理的なダメージはなくとも搭乗者に精神的なダメージは十分に与えていた。

次世代型のＭＧに搭乗して、更に自分の技量にも自信がある。なのに目の前の、ロートルの勇者を倒すことができない事に木ノ原は強い苛立ちと焦燥感を覚えていた。

そしてその精神的なダメージは、今の戦況が物語っていた。

グラムは剣での切り合いがメインであった先程までの戦いから、魔法を交えた戦法へと変化させていた。

魔法を使う余裕ができているのだ。

それは、木ノ原の攻撃が対応されてきているという何よりの証左である。

その事に余計苛立ち、更に精神的な安定感が欠けていく。

「何故だ！」

木ノ原は迫るグラムを迎え撃つべく、前進し、大上段から刀をグラムに叩《たた》きつける。

受ければ衝撃と重さで背骨がひしゃげる攻撃を、グラムは剣を巧みに動かし逸《そ》らす。

「何故倒せない！」

真正面からの突きを軽々といなされる。

「わからないのかい？」

やれやれと、駄々をこねる子供をあやすように、勇者は言う。

「このくらいで負けてたら、勇者なんてやってられないんだ」

「こっ……！　んの！　ロートルが！」

納刀した《白霞《ゼロベース》》が居合の構えで真っ直《す》ぐに突進してくる。

その動きに今までの技量は見えず、精彩を欠いていた。

それこそがグラムの狙いであった。

ここで勝負を決めるべく、グラムは剣を構える。

高らかに、誇らしく、剣を掲げるような大上段の構えだ。

「そんな、そんな錆《さ》びた剣で！　この私が！　負けるはずが！　ないでしょうがああ！」

鈍り、錆びた聖剣、イクサソルデ。

そこに沈まぬ銀の太陽の異名は最早《もはや》見て取れない。

「君には僕の剣がそう見えるのかい？」

口の端《つ》を吊り上げ、笑うように、楽しそうにグラムは言う。

たとえ剣が錆びようとも——

「勇者に助《ぼ》けを求める者がいる限り、この剣は何度でも輝きを取り戻す」

──勇者の魂が錆び付く事はない。

「我が声に応え、輝け──《イクサソルデ》！」

聖剣の刃《やいば》に太古の文字が、次々と浮かび上がっては消えていく。

『勇者認証《ディノア・ルス》』『救世聖剣機構限定解除《ア・ストラ・ロス・アラン》』『抜剣承認《レス・イクサソルデ》』

錆びた剣に罅《ひび》が入り、そこから目の眩《くら》むような閃光《せんこう》が漏れ出した。

罅は増し、錆びが砕け、落ちていく。

そこから現れたのは輝ける白銀の剣身。

煌々《こうこう》と光を放つ沈まぬ銀の太陽、イクサソルデ。

勇者の呼び掛けに呼応し、かつて魔王を討ち滅ぼした時と変わらぬ聖剣の姿がそこにあった。

「受けるがいい白き雷光よ、魔王を屠《ほふ》りし我が最大最高の一撃を、そしてその目に焼き付けろ、沈まぬ太陽の輝きを……！」

「舐めるなあああああああああああああああああああああ！」

《白霞《ゼロベース》》から放たれるは雷速の居合、魔法《雷光抜刀》。

勇者の持つ聖剣から放たれるは白銀の輝き。

地を走る稲妻を、銀の太陽が正面から受けて立つ。

──勇者の持つ伝説の聖剣、その特性は《絶対斬撃》。

所有者の魔力に呼応して剣の周囲の霊素《エーテル》が銀色に輝き、その光は『あらゆる存在《モノ》を断ち斬る』概念の刃を形成する。

不滅の魔王の魂すらも斬り裂いた、究極の光輝である。

「はあああああぁぁぁぁぁぁぁぁぁぁぁぁッッッ！」

勇者の手に持つ白銀の剣から放たれた斬撃は、一条の光となって大気を切り、霊素《エーテル》を裂き、雷光を断ち──純白の鎧《よろい》を斬った。

此処《ここ》に勝敗は決した。

袈裟懸《けさが》けに大きな斬撃痕が、多重複合の層から成る主装甲と副装甲を破り、煙を立ち上らせ、木ノ原の肌をも傷つけている。

《白霞《ゼロベース》》が大きなダメージを受けて強制的にＭＧの装着が解除され、自己修復モードへと移行し、木ノ原は膝から崩れて前のめりに倒れ込んだ。

「何故《なぜ》、負けたのですか、貴方《あなた》に……」

倒れ伏し、咳《せ》き込みながら、木ノ原がグラムに問いかける。

グラムは肩で息をしているものの、疲弊まではしていないようであった。その手に持つ銀の剣は、先程までの輝きはなく、鈍い銀色へと変化している。

その姿で、木ノ原は己の完全なる敗北を認めた。

木ノ原のダメージは大きく、立ち上がれないが、致命傷には至っていなかった。

「やっぱり気難しいなイクサは、久しぶりに解放してくれたとはいえ、一発しか撃てないんだもんなぁ。しかし凄《すご》いな……最新鋭のMGの装甲は、イクサの一撃でも殺しきれなかったよ。遠い昔に魔王を滅ぼした時の威力には及ばないとはいえ、ね」

「は……？」

呆《ほう》けた顔で、木ノ原が硬直した。

「これ以上の一撃を……？」

木ノ原の言葉にグラムは笑みで返す。

そのまま剣を地面に突き刺し、木ノ原の隣に腰を下ろした。

「君が何故負けたのか、より何故僕が勝てたのかって聞いたほうがいいんじゃない？」

「同じ事でしょう……どうして貴方が勝てたんですか？」

「年の功ってやつかな」

「そんなふざけた理由で……」

「いやいや、案外馬鹿にできないよ。これでも五百年分の経験値があるんだから」

そう、それこそがグラムの強さ、そして勝利の理由であった。

「久しぶりに、勇者らしい事ができたかな……」

どこか遠い目で、グラムは呟《つぶや》く。

「貴方が……マルキュス様のところへ行けばよかったじゃないですか」

「僕が行かなくても大丈夫だよ」

「勝てませんよ、魔王は」

か細い声で木ノ原が言う。

「マルキュス様は強い。私よりも遥《はる》かに。いえ、それ以前にファミリアがなければ勝負の土俵にすら立てません。魔王など、生身の私でも勝てますよ」

「あはは、賢そうな子だと思ってたけど、案外馬鹿なことを言うんだね」

「……何が可笑《おか》しいんです？」

「あの男がなんの策もなしに挑むと、そう思っているのか君は。だとしたらとんだ過小評価だね。ああ、そうか。あいつの切り札知ってるの僕だけだもんね」

「切り札……？　それは、どういう……？」

「マルキュスすらも恐らく知らないだろう、あの男は強い。それは君に勝った僕が保証するよ。あれを見たら、誰だって絶望を抱くだろうさ」

「……それで……殺さないんですか？」

「誰を？」

「私をです」

「別に、命を取る必要はないからなぁ。もう君は僕と戦う力を失っているんだから、殺す必要もないかな。僕とやりあって生き残ったのは君の実力さ。僕の役目はベルトールに余計な横やりを入れさせないために君を倒す事だけだ。後はあいつが自分でなんとかするだろうし」

「そう、ですか……」

そこで、坑道内に足音が響いた。

それも一つではない、複数だ。

音の方を見れば、ＩＨＭＩ警備部のＭＧの援軍が大量に、こちらに向かって進んでくる所であった。

「さて、もう一仕事しようか」

勇者は立ち上がる。

一人、友のために剣を振るう。

◆

太陽を克服した不死の吸血鬼であるマルキュスは、遥か昔に吸血鬼の王としてその強大な力で眷属《けんぞく》を増やし、領土を増やし、暴虐の限りを尽くしていた。

それを止めたのがベルトールであった。

単身でマルキュスの城へと突入し、襲いかかる眷属を全て打倒し、マルキュスの眼前まで悠々と辿《たど》り着いてこう言ったのだ。

「良い力を持っているが、使い方を誤るな。余に仕えよ、吸血鬼。余が其《そ》の方《ほう》の力、正しく使いこなす場所を与えてやろう」

今でも思い出す。拭い去れない記憶。

その力の前に怯《おび》え、震え、従うしかなかった。

だが今は違う、魔王を超えた存在となったのだ。

「存外、つまらない幕引きでしたねぇ……」

冷めた口調でマルキュスが呟いた。

眼前には亡骸《なきがら》にも似た魔王の姿がある。

爆《は》ぜた両腕は落ちて傷口は炭化し、血も流れておらず、全身が焼け爛《ただ》れ腹部は半分程吹き飛んで大穴が空いており、美麗な顔も原型を留《とど》めておらず、両の脚は立ってバランスを取っているのが不思議なくらいであった。

助けに入ったくせに無様に敗北した魔王の姿でまた興奮できるかとマルキュス自身期待していたのだが、その胸には虚《むな》しさが残った。

一度目の勝利は必然だった。

ファミリアを持たず、知らず、ただ五百年の惰眠から目覚めただけの旧世代の魔王。

不意打ちで勝ったようなものだ。

自身が生み出した技術の結晶を見せびらかせるだけの、つまらない勝利。

二度目の勝利は他愛なかった。

対策を講じてきたといっても、所詮は付け焼き刃。

近接戦闘だけでは勝てる道理もなし。ただの一滴の血で勝ったようなものだ。

「さて」

最早脅威とはならない敗北者から視線を外す。

「それでは、行きましょうかマキナ。今後も私がこの街で暖をとるために、ね」

後は不死炉にマキナを投げ入れればそれで完了だ。術式が不死の肉体を霊的に分解し、純粋な魂のみをこの次元に引きずり出して、それを燃やして霊素《エーテル》へと変換する。

エーテルリアクターの複雑さと比べると、不死炉はなんとも原始的な儀式魔法を基盤としているが、それ故に複雑なメンテナンスが不要な設計となっている。

マキナは喋《しゃべ》らない。

ただ呆然《ぼうぜん》と、動かなくなったベルトールを見つめている。

「ご安心なさい、上位存在となったベルトールは霊素《エーテル》にはできませんが、不死炉の中に放り込めば永劫《えいごう》に死に続ける事はできます。暫《しばら》くは一緒にいさせてあげられますよ」

マルキュスとて伊達《だて》に社長をやっているわけではない。当然多忙の身だ。

不死炉計画は世間に公表できず、その性質上他の社員に任せる事もできない為《ため》にこれも業務の一環だと諦めているが、本来ならば彼のこの一秒一秒は無駄であり、それがＩＨＭＩにどれだけの損失なのかを考えるとすぐにでも通常の業務に戻る必要がある。

さっさと終わらせよう、そう思いマキナに手を伸ばす。

だがマキナは一向にマルキュスを見ない。じっとベルトールの方を見ている。

その顔に張り付いている感情は絶望や悲哀ではない。驚愕《きょうがく》だ。

そこでマルキュスはようやく気が付いた、異様な気配が周囲に満ちている事に。

それは威圧感にも似て、緊張感にも似て、怒りや憎悪《ぞうお》にも似て、だが確実に違う気配。

「ベルトール、様……？」

　マルキュスの背筋に悪寒《おかん》が走り、身を震わせた。

　得体のしれない、だが懐古の念を催させる悪寒だ。

　彼はもう覚えていないが、それは彼が初めて魔王ベルトールを目の前にした時の震えと同一であった。

　動けぬベルトールへと視線を向ける。

　そこには先程と変わらぬ姿の魔王がいる。敢《あ》えて殺し切らずに念入りに神経を焼いたので、マルキュスの見立てでは動けるようになるまで後三分以上掛かるはずであった。

　他愛ない、取るに足らない、瀕死《ひんし》の魔王。

　そのはずだった。

　だが今の死にかけの魔王が放つ気配で、周囲の霊素《エーテル》が大きく揺らぎ、その背後の景色が歪《ゆが》んで見えている。

　マルキュスの頰を冷たい汗が伝う。

　目の前の死に体に、本能が恐怖していた。

「よくぞ……」

　死体が喋る。

「……よくぞ、ここまで余を追い詰めた。誉《ほ》めてつかわすぞマルキュス。流石《さすが》にこの姿のまま倒せる程、其《そ》の方《ほう》は甘い相手ではない」

　右目は焼け潰れ、乾きヒビ割れた左目が燃えている。

「ここまで余を追い詰めたのは、其《そ》の方《ほう》で二人目だ。当世で得たあらゆる力、それは全て其《そ》の方《ほう》の功績である。誇るが良い」

　爛れた舌が、言葉を紡《つむ》ぐ。

「今一度問おう、マルキュスよ」

　止まった心臓が動き出す。

「余の信念を曲げての二度目の問い。そしてこれが正真正銘、最後の問いだ。三度目はないと知れ——今一度我が軍門に下るつもりはあるか？」

「こ、この期《ご》に及んでなにを言って……」

「どうなのだ？　返答の次第によっては、此度《こたび》の騒擾《そうじょう》、余が斟酌《しんしゃく》し不問としよう」

「虚勢を張るな！　もうお前の時代は終わったのだ！　これからは！　私の時代だ！　私が世界を治める！　ただ一人の不死として！　真の魔王として！　他の不死はいらない！　私だけでいい！　私だけが究極でいい！　この私が！　私だけが！」

「そうか……」

　鼓動が響いた。

それは空気を伝わる音ではない。霊素《エーテル》を震わせる音だ。

脈打つ音が大空洞に轟《とどろ》く。

「では死ぬがよい、不死よ」

ベルトールの身体《からだ》に異変が起こった。

傷口の肉が盛り上がり、急激な再生——否《いな》、『進化』を始めているのだ。

そしてその肉体から溢《あふ》れる魔力は、先程まで感じていたものとは明らかに違った。

その巨大さ、異質さ、まるで夜空に相対しているような底知れなさ。

(まずい、よくわからんが、とにかくまずい！)

未知への恐怖を振り払うように、マルキュスは魔法を発動する。

ここで選んだのは彼が最も信頼する魔法。太古の昔より愛用していた血の魔法。アップグレードを繰り返して　古代の頃から名前は変わっているが、その本質的な部分は変化していない
今まで使ってきた回数は計り知れない。呼吸をするのと同じだ。

「《血の剣《ブラッドソード》》！」

だが発動しなかった。

呼吸が止まる。

「何故《なぜ》……!?」

自身の得意とする魔法は、何故か発動しなかった。

まるで、何者かに無効化されたかのように。

「フハッ」

溢れる。

「フハハハハハハハハハハハハハハハハハハハハハ！」

魔王の哄笑《こうしょう》が地下の大空洞に響き渡る。

「光栄に思え！　勇者グラムのみが知る我が玉体を拝謁する事を！　然《しか》して絶望せよ！　この姿を目に映す憐《あわ》れな運命に！」

ベルトールの身体が歪む。

体中から骨が肉を突き破り、そこを更に肉が覆って塞ぎ、そうしてどんどんと大きく膨れ上がっていく。

「今見せよう――我が第二の形態《すがた》を！」

◆

夜の新宿市に異変が起きていた。

ビル壁面広告の、家電量販店の、酒場の、家庭の、新宿に存在し、ネットワークに接続されている全てのＩＨＭＩ製ホログラム・ディスプレイがその大小を問わず同時に暗転し、ポップなドクロウサギのロゴが表示される。

更に暗転。

次いで映ったのは、一人の男の姿であった。

都市中のホログラム・ディスプレイから、大音量で声が流れる。

『こんばんモータル～、どうも１定命の者共、生の苦しみ味わってる？　魔王ベルトール＝ベルベット・ベールシュバルト、即《すなわ》ち余である』

見た者の視線を奪う芸術的なまでに整った顔立ちと、聴いた者の心を震わせる美声を併せ持つその男は、『魔王』と大きくプリントされたＴシャツを着て、大真面目にそんな挨拶を言い出した。

そして動画が流れ出す。

時に笑い、時に怒り、時に感動に打ち震え、躍動する男の姿が映し出される。

「何、あれ？」

それを見た誰かがそう言った。

「おー、すげえ。最近人気の奴《やつ》だろこいつ」

「へー、ベルトールこんなんやってたんだ。なんかの広告かな？」

人間のカップルが、ビルの壁面の広告用大型ディスプレイを見つめる。

「えっ、嘘《うそ》、やば、無理……なんでベル様？　顔と声が良すぎる……」

「出た……闇の支配者《ダークロード》……」

エルフの学生達が、書店のプロモーション用ディスプレイを凝望している。

「ゲーム下手男じゃん」

「ステータスポイントを顔と声に極振りした男がよ……」

「ＤＣＧやらせると初手が被《かぶ》りまくるからポーカーの才能の方がある男だ」

ドワーフのサラリーマン達が、酒場の片隅のディスプレイを注視している。

「おいおい、これ大事件じゃねえの……？　うわ他のとこも乗っ取られてら」

「誰こいつ？　つか何？」

「いやこれハッキングじゃん、広告のハッキングもこの前あったろ。いよいよやべー事になってんな。ニュースサイトこれの話題で持ちきりだぜ」

オーク、獣人《セリアン》、ゴブリンの警備員が、監視用ディスプレイを睨《にら》んでいる。

「あの糞《くそ》野郎……何やってやがんだ？」

ゴミにまみれた義手のオーガが、家電量販店の店頭ディスプレイを凝視している。

新宿市内の誰もが静止し、突然映し出されたその動画を見て、あるいは笑い、あるいは困惑し、あるいは訝《いぶか》しみ、あるいは喜び、あるいは憤慨する。

「魔王だ」

誰かが、言った。

サイレンを鳴らした警邏《けいら》車が飛び交い始め、街は騒然となった。

プラスな感情にせよ、マイナスな感情にせよ、人々はその男を認識し、興味を示す。

そしてこの異変が何らかの催しなどではなく、大規模なハッキングが原因だというのはすぐに皆に理解される。

新宿市内で起きたこの荒唐無稽な異変はネットを通じて拡散され、ヒトからヒトへ、都市から都市へと伝播《でんぱ》し、一瞬で星を巡る。

その瞬間、世界中の人々がその男を認識し、感情を向ける。

——それが魔王の力になるとも知らずに。

新宿市内周、霊素反応灯《エーテルネオン》煌《きら》めく夜の街、とあるビルの屋上に高橋はいた。

彼女の周囲には何枚ものＰＤＡが置かれ、それに接続された何本ものケーブルが無骨なアディショナルユニットにハブを通してファミリアに繋《つな》がれている。

夜の街に灯《とも》る様々な光は、今日は少しだけ違いがある。

彼女の推しのライブストリーマーの動画が流れているのだ。

「間に合った、かな？」

仕事を終えた高橋は掛けていたサングラスを上げ、ファミリアのアディショナルユニットを外し、夜風に髪を靡《なび》かせ、寒い空の下で額に浮かんだ汗を腕で拭う。

「あー、疲れたー……」

大きく熱の籠もった白い息を吐く。

一世一代の大仕事、そう言って差し支えない程のものであった。

高橋は、ビルの屋上に吹く鋭く寒い風で火照《ほて》った身体を冷ましながら、ここへ来る少し前にベルトールとグラムとした会話を思い返していた。

「高橋に命ず。余の信仰力を上げよ」

勇者グラムの協力を得た直後の事だ、ベルトールは高橋にそう告げた。

「はぇ？」

まるで意味がわからず、間抜けな声で高橋は聞き返した。

「なんて？」

「ああ、成程。そういう事かベルトール」

「うむ」

「ちょ、ちょっと。二人で話を進めてないでよ。どゆこと？　何信仰力って」

「細かい事を説明すると長くなる。とにかく余の知名度を上げる。それだけで良い」

「むー、知名度って、どうやって？」

「方法は其方《そなた》に任せる、かなりの知名度が必要だ。それには其方《そなた》の発想力が必要となる」

「マジ？　手段は？」

「それも任せる」

「本当に手段選ばなくていいのね？　好き勝手やっちゃうよ？」

「構わん、派手にやれ」

「了解、そんな楽しげな事任せてくれるなんて、見る目あるねえやっぱり」

彼女が行ったのは、新宿市で一番普及しているＩＨＭＩ製ホログラム・ディスプレイのハッキング。

致命的な脆弱性《ぜいじゃく》のあるＩＨＭＩ製のホログラム・ディスプレイをハッキングして、見どころを編集したベルトールの配信アーカイブを差し込み、流したのである。

それも新宿全域の、だ。

何人もの凄腕《すごうで》の霊竄士《エーテルハッカー》を用意し、相応の設備があったとしても、この短時間では到底なし得なかったであろう。

それをたった一人、突貫でやってのけたというのは、絶技と表現して何ら誇張はない。

これこそがベルトールの指示した作戦であった。

この行為がどのような意味を持つのかは高橋も知らされていない。

だが彼女は説明がなくとも、友の頼みを忠実に、確実に実行した。

「ま、友達の為《ため》に全力出すのって悪い気分じゃないからいいけど」

新宿の夜空の下で覗《のぞ》き屋は笑う。

「頑張れ、ベルちゃん。マキナを、お願い」

眼下の人々の驚いた顔を直接見られない事だけを残念がりながら。

◆

球形の闇が魔王の身体《からだ》を覆った。

程なくして闇が少しずつ、鱗《うろこ》が削《そ》ぎ落ちるように剝がれていく。

そこから現れたのは、一体の異形の姿であった。

捻《ね》じくれた二本の角を戴《いただ》く竜の頭蓋を頭部とし、闇が滲《にじ》んだかのような漆黒の片刃の魔剣を持ち、同色の外套《がいとう》に身を包んだ巨大な異形。

天を穿《うが》つような二本の角、竜の頭蓋の眼窩《がんか》には赤い光が妖しく灯る。

影を滲ませたようなその体軀《たいく》は痩せ細り、節くれだっている。

身体を包む外套は、闇を剝ぎ取って仕立てたようで、背後に翼のように広がっている。

全高にして五メートルを超える巨体。

手に持つ魔剣も、魔王の存在の増大に比例して巨大になっている。

魔王ベルトール、その第二の姿であった。

「なんだ……それは……」

マルキュスはごくりと唾を飲む。

異形の姿よりも、その身が放つ圧倒的な存在感にマルキュスは気圧《けお》されていた。

「なんだその姿は！」

恐怖に呑《の》まれまいと声を張り上げる。

「凡俗な愚昧めが」

竜の頭蓋が厳かな声を出す。

それは声なき声、当世で言うなれば全方位の無差別な霊素《エーテル》通信だ。

「何故《なぜ》余の魔王城が地下深くに建造されていたのか、わからなかったのか？　何故魔王城の構造を逆しまの城としたのか、考えなかったのか？　何故玉座のある逆天守を勇者との決戦の舞台にしたのか、疑問に思わなかったのか？」

「な、何を……」

「それも全てはこの姿に変じるためだ。霊脈《エーテライン》の高濃度霊素《エーテル》下、そして高い信仰力を得るという条件でのみ発現できる我が第二の玉体。それがこれだ。マルキュスよ、其方《そなた》がここを戦いの舞台としたのが何もかもの間違いで、余が目覚めたあの日に始末しなかったのが何もかもの過《あやま》ちよ」

フォロワー数、百万程度の信仰力では、霊脈《エーテライン》の高濃度霊素《エーテル》下においても第二形態へ移行する事は叶《かな》わない。

故にベルトールは、高橋にこう命じた。己の知名度を上げろ、と。

それに高橋は最高のタイミングで応えた。

この短時間で大規模なハッキング事件という形で注目を集め、それで知名度を上げるという発想は決してベルトールでは出てこず、そして達成し得なかっただろう。まさに彼女だからこそ可能であった大業である。

ヒトの目に留まれば感情が動き、信仰力へと変わる。

それこそがベルトールの狙いであった。

彼の存在をできるだけ多くの人々に認識させ、感情を向けさせて、五百年前に勇者との最終決戦で見せた第二形態に変じるに必要な信仰力を確保したのである。

刹那で星を巡る情報も、ほんの数秒の後に多くの人々はその認識を忘却し、関心を無くし、話題性は失われ、情報は陳腐化し、信仰力は失われるだろう。

だが今ベルトールが必要なのは恒常的な信仰力の獲得ではない。今ここで、目の前の逆賊に対し鉄槌《てっつい》を下す事ができればそれでいい。

「恐怖しているな？　マルキュス」

ゲタゲタと魔王が嗤《わら》う。

目の前のか弱き存在の誤った選択を嘲るように。

だが、魔王以外にマルキュスを笑える者はいまい。これは人々の無意識の内に抱く《魔王》という存在、つまりはヒトの持つ原初の恐怖を具現化した姿であるからだ。

「よいぞ、余を恐れ、慄《おのの》け。その恐怖もが余の力になる」

「黙れ！」

纏《まと》わり付くような嘲笑を振り払うように、両腕を振り回してマルキュスが口角から泡を飛ばしながら吼《ほ》える。

「如何《いか》に姿容を変えようとも、五百年前の勇者に敗北したのは事実！　当世においても通用すると思うな！」

「では試してみるがよい。其方《そなた》の謬見《びゅうけん》、余が手ずから正してやろう」

マルキュスは構える。

先程魔法が発動しなかったのは何かの間違いなのだと断ずる。

冷静になれと自分に言い聞かせる。精神集中は魔法の使用における基本中の基本、その動作の殆《ほとん》どを機械が処理する時代であるとはいえ、基本的に魔法の使用というのは本人のコンディションに大きく左右される。

現状においても、ファミリアの優位性は崩れていない。

であればやることは変わらない。

「《血の剣《ブラッドソード》》！」

魔力を起動させ、魔名の宣言と共にファミリア内の魔法発動プログラムが走る。

クァンタムコアが駆動し、重ね合わせの処理によって、逆説的に無構築法、無展開法、無詠唱法を立証。

それらの処理は宣言と同時に成され、即座に魔法が発動――――しなかった。

何も起きない。

霊素《エーテル》を結合させ、変換させ、自身の血液成分に酷似した仮初の血液を作り出し、それを固めて剣とする結果が出力されない。

「何故だぁぁぁぁぁぁぁぁぁぁぁぁぁぁぁあぁぁあ！」

不条理にして不可思議、理解できない状況。

魔法が発動しない事にマルキュスは両膝をついて地面を叩《たた》き、子供のように癇癪《かんしゃく》を起こして、頭を掻《か》き毟《むし》る。

「何を驚いている？　以前其方《そなた》がした魔法の無効化と全く同じ事をしただけだぞ？」

「……え？」

「マルキュスよ、其方《そなた》はあの時こう言ったな、〝一手遅い〟と」

頭蓋の奥で、魔王が笑みを浮かべる。

「ならば余はこう返そう。〝一手遅い〟ぞ、マルキュス。と」

「──！」

マルキュスの思考が回転する。

己が過去に発した二手遅いという発言は、無詠唱法しか使えぬ魔王に対して、ファミリアでの無構築法と無展開法の優位性を誇示するための言葉だ。

であるならば、魔王の言う一手遅いが意味する所は自然と帰結する。

「む、無宣言法……？」

意図せず、その言葉が転がり出た。

「然《しか》り」

あっさりと、魔王は肯定した。

さも当然のように、泰然とした態度で。

魔王は無宣言法を用いて魔法の無効化をしてみせた、そう言っているのだ。

だがそんな事はありえない。ありえてはならない。

無宣言法は、未《いま》だ現代の魔導技術が到達していない領域なのだから。

魔名の宣言は、霊素《エーテル》の操作という不安定な事象を確定させ、安定させるために不可欠な要素。ファミリアの量子演算処理素子であっても覆《くつがえ》せなかった絶対的法則である。

魔王の言が真なれば、その絶対的法則すら捻じ曲げた神の御業《みわざ》に他ならない。

そもそもファミリアを用いず無構築法や無展開法ができるという事がありえないのだ。

自力で量子演算処理素子と同等以上の魔法演算を行い、更に今の技術の先を行ってみせるなど、あってはならない。

「この時代で改めて魔導の深淵《しんえん》に気が付けた。霊素《エーテル》とは万能の素材。肉体の軛《くびき》から解き放たれ、より深く霊素《エーテル》と交わる事のできるこの第二の姿になればファミリアの挙動を再現し、〝重ね合わせ〟もこの身の内で魔法として行使する事も可能。幸い、この場所では霊素《エーテル》は不足しないからな。であれば、魔法を使うのに最早《もはや》言の葉を紡《つむ》ぐ事も不要となる。ただ念じるだけで魔法は使える。其《そ》の方《ほう》よりも早く無効化もできるというもの」

「あ、ありえないぃ……嘘《うそ》だ、そんなはずがない！　そんな事が、できるはずがない！」

「全ては其方《そなた》のおかげだ、マルキュス」

「え？」

「其方《そなた》が余を超える魔王となる為にこの世界で高めた魔導技術のおかげで、こうして余も無宣言法という新たなる境地へと至った。礼を述べるのが遅れたな、余の為にこの五百年、よくぞ働いてくれた。誉《ほ》めてつかわすぞ、マルキュス」

「うぅ嘘だ！　嘘だ嘘だ嘘だ嘘だ！　嘘だぁ！　できるはずがないんだ！　ファミリアの

ないお前が、私に勝てるはずがないんだァ！」

「ならば試してみるがよかろう。教えてやろう、現実をな」

「《血の剣《ブラッドソード》》！」

　即座にマルキュスが魔名を宣言する。

　だが何も起こらない。

　ファミリアに異常はない。ただ無効化されたというメッセージのみを小さく網膜投影型仮想ディスプレイ上に表示している。

「《血の剣《ブラッドソード》》！《血の剣《ブラッドソード》》！《血の剣《ブラッドソード》》！《血の剣《ブラッドソード》》！《血の剣《ブラッドソード》》！《血の剣《ブラッドソード》》！《血の剣《ブラッドソード》》！《血の剣《ブラッドソード》》！《血の剣《ブラッドソード》》！」

　しかし何も起こらなかった。

　無意味に音だけがこだまする。

「なんでだああああああ！　なんでだよおおおおおおお！　私は！　お前を超えたんだ！　私はお前の下になどつく器ではないのだ！　私こそが魔王なのだ！　お前が憎かった！　妬ましかった！　だから五百の年月を賭《と》して、私が王となるべく計画を進めてきたのに！　それを！　お前がああああああああああああ！」

「よもや……その程度の些事《さじ》で余に楯突《たてつ》いたのか？」

「その程度だと⁉　些事だと⁉　私のこの五百年を、その程度とヒュゲ」

マルキュスの下顎が爆発して吹き飛んだ。

「流石《さすが》にその金切り声も耳障《みみざわ》りだ、少し黙れ」

魔王の宣言の無い魔法によるものだった。

次いで風が巻き起こり、マルキュスの身体《からだ》を、着ているスーツ毎《ごと》ずたずたに切り刻む。

霊素《エーテル》によって仕立て上げられたスーツは、彼の一部として判定されており、不死の自動再生で肉体と同時に再生する。

更に羽虫の大群が羽ばたくような音と共に黒い靄《もや》がマルキュスの下半身を飲み込み、塵《ちり》へと変える。

再生する。

火柱が全身を飲み込み、焼く。

再生する。

極寒の風が氷漬けにし、砕く。

再生する。

電撃が穿《うが》つ。

再生する。

再生する。

再生する。

再生する。

再生する。

「っ――！　ッ――！」

血術侯は反撃する隙はなく、声を上げる暇もない。

ただ無限に続くような魔王の責め苦が、マルキュスを襲い続ける。

敢《あ》えてそうしていると言外に告げるように、その攻撃の全てがマルキュスのファミリアを避けていた。

何百と死んだ後に、ようやく魔法が止まった。

「宣言の無い魔法はやはり趣に欠けるな。少し趣向を変えよう」

言葉の後に、マルキュスの足下に何かが映った。

「うわぁっ!?」

骸骨だ。

地面から無数の骸骨がマルキュスの脚に縋《すが》り付いている。

「なんだこれは！　死霊術《ネクロマンシー》か⁉」

「曰《いわ》く、《盗視》と言うのだそうだ、対象のファミリアに侵入し、その視覚を乗っ取る。どうだ？　魔法による幻影ではなく、脳に直接見せられる偽《にせ》の映像は。迫真であろう？」

「霊竄術《エーテルハック》だと⁉　この私の！　最新鋭の技術の結晶の！　ファミリア・アドバンスの論理防壁を突破したというのか⁉　うわぁ！」

存在しない幻影の骸骨に引っ張られ、マルキュスは振り払おうとしてバランスを崩して無様に尻もちをつく。

目を閉じ、顔を手で覆ってマルキュスは体を丸めて転がりまわった。

「もう止《や》めろ！　もう止めてくれえ！」

無様なマルキュスの姿を見て、魔王は嗤《わら》う。

「面白い、面白いぞマルキュス！　その調子だ！　追従せよ！　諧謔《かいぎゃく》を弄し、無聊《ぶりょう》の慰めとせよ！　あまりに滑稽であれば忘我の果てに余の気も変わるやもしれんぞ！　フハッ！　フハハハハハ！　フハハハハハハハハハハハハハハ！」

「止めろ、止めろぉ！　止めてくれぇ！　頼むぅ！　あ、貴方《あなた》の軍門に下ります！　ですから何卒《なにとぞ》！　何卒お慈悲を！」

唐突に、魔王の哄笑《こうしょう》が途絶えた。

「三度目はないと、申したはずだが？」

ゾブ、と。

その手に持つ魔剣で、魔王は地に伏せるマルキュスを貫いた。

「あがっ……」

魔王は串刺しにしたまま、大空洞の中央の不死炉まで歩を進める。

崖際《ぎわ》ギリギリ。

あと一歩足を踏み出せば、炉まで落下する位置まで来て、魔王は停止した。

「な、に、を……」

剣を炉に掲げ、マルキュスの身体が宙吊《ちゅうづ》りになる。

下には光を放つ霊素《エーテル》が湧き出る不死炉が口を開いている。

魔王が剣を引き抜けば、たちまち真っ逆さまだろう。

「ま、まさか、私を不死炉に投げ入れるのか⁉　私を薪にするつもりか⁉」

「然り」

「そんな事をして何になる！」

「逆賊である其方《そなた》を焚《く》べれば暫《しばら》くはこの不死炉は動き続け、この都市も保つのであろう？

であるならば潔《いさぎよ》く、そして快くこの街の礎《いしずえ》となるがいい。それが長としての役割だ。この炉は実にこの街の役に立っているのだからな。壊すのは惜しい」

「お前のやっている事は私と同じだぞ！　同胞を薪として焚べるなど！　そんな悪逆非道な行いをしていいのか⁉　それが王を自称する者のすることか⁉　考え直せ！」

「ほう、余を悪逆非道と申すか？」

「あ、ああ！」

「戯《たわ》けが。五百の星霜《せいそう》で耄碌《もうろく》したか。我こそは闇の梟雄《きょうゆう》、魔王ベルトール。悪逆非道こそ我が王道よ」


冷たく言い放つ魔王の言葉に慈悲はない。

マルキュスは下、不死炉を見やる。

渦巻く光は、彼が落とし、薪にしていった者達の苦悶《くもん》に満ちた亡骸《なきがら》を幻視させた。

「この私が！　こんな理不尽を！　この世界の事を何も知らないお前が！　こうなってしまった真実を知らないお前が！　こうするしかないというのも知らずにいい！」

圧倒的なまでの力の差はそのまま恐怖へと代わり、半狂乱となったマルキュスが腕を振るい、自らの血を魔王の頭に付着させる。

「死ねえええええええええ！　《血を爆炎に《ブラッド・トゥ・エクスプロージョン》》！」

魔法は無効化されずに発動し、爆炎が魔王の頭部を包み込む。

「ヒッ！　ヒヘッ！　ヒヘヘヘヘヘヘッ！」

至近距離で当てられる熱風で自らの顔が焼かれるのも気にもせず、マルキュスは笑う。

「ヘッ！　ヘヘ……ヘ……？」

爆炎が消える。

「最後の足掻《あが》きが、そんなものでよかったのか？」

魔王にダメージをあたえられない。

無傷の竜の頭蓋の奥、闇色の魔王の瞳を覗《のぞ》き込んだマルキュスは、言葉を失った。

「ヒッ……！」

自身が今覗き込んだ闇など、魔王にとってはほんの入り口でしかないのだと本能で理解していた。底の見えない深淵が、そこにはあったのだ。

「其方《そなた》の無様な恐怖心、しっかりと余に最後の供物《くもつ》として捧《ささ》げられた、忘れはせんぞ」

「やめろぉぉぉぉおおおおああああああああああああああ！」

「さらばだ」

魔王は剣を引き抜いた。

切っ先が肉から離れていき、マルキュスの身体が不死炉に落ちていく。

「ああああああああああああああぁぁぁぁぁぁぁぁぁぁ……」

落下し、炉の底に着く前にその肉体は解体される事だろう。

魔王がそれを見届ける事はない。

「永訣《えいけつ》だ、マルキュス。輪廻《メテノエル》の地平でまた会おう」

魔王は行く。

彼の唯一の臣下の下へ。

魔王が歩を進めるにつれて異形の身体は崩れていき、塵となって元のベルトールの姿へと戻っていく。

「マキナ」

膝を付《つ》き、愛する女を抱き寄せる。

怖い思いをさせただろう、辛《つら》い思いをさせただろう。

失わなくてよかった、無くさなくてよかった。

安堵《あんど》が彼の胸を満たした。

「余の姿が恐ろしいか？　マキナ」

「はい……」

それはいつかの問い掛け、在りし日の思い出、生涯その魂が燃え尽き、灰となり、朽ち果てるまで忘れる事はない言葉。

故に彼女は返す、あの時、恐怖で出なかった言葉を添えて。

「魔王に相応《ふさわ》しい、恐怖の具現と言える姿でございました」

その言葉に、満足したように魔王は頷《うなず》く。

(何故《なぜ》、あの時余は負けたのか。ようやく理解した)

目を閉じる。

あの時の勇者の言葉が蘇《よみがえ》る。

「……命の輝き、か」

今魔王は、それを大切な者の中に見出《みいだ》していた。

「ベルトール様……?」

「余は、弱かったからこそ不死の中に、其方《そなた》に命の輝きを見たのだ。だからこそ今勝てた、ああ——そうかだから——」

言葉にして初めて理解できた。

現在の己の勝利、そして、五百年前の敗北の理由を。

「そういう事なのだな——なぁ、マキナ」

「はい」

「愛している」

「私もです、ベルトール様」

魔王の腕の中に、愛《いと》おしい温《ぬく》もりが確かにあった。

エピローグ　剣と魔王のサイバーパンク

男が一人、新宿市を出立しようとしていた。

金の髪を隠すようにフードを目深《まぶか》に被《かぶ》り、錆《さ》びた抜身の剣を携えて。

時刻は夜。

珍しく雲が晴れ、月が顔を覗かせており、彼の旅立ちを祝福するかのように旧街道を月の光が照らしている。

絶好の旅立ち日和だ。

男が勇者としての新たな一歩を踏み出そうとする、その直前である。

「お待ちなさい」

その背中に呼び止める声が投げられた。

男が振り向くと、そこには女が一人。男の知っている女だ。

怜悧《れいり》な風貌は健在だが、どこかくたびれた様子が見て取れる。

「身体《からだ》はもういいのかい？」

「ええ、元々大した怪我《けが》でもありませんでしたし。診療所を抜け出してきました」

「それで、どうしたの？」

「どうしたもこうしたも、貴方《あなた》とあのクソボケネットの大魔王のせいで社長は行方不明、私も失脚してこのザマ。社内には敵も多いですから、ここに私の居場所などありません」

「で？」

「私をこんなにした責任を取れって話です！」

「責任って……僕のせいじゃなくないか？　これから行くのは秋葉原か横浜か、それとも山を越えて名古屋まで行くか、それからどうしようかなって感じなんだけど」

「ならば好都合、私も付いていきます。拒否は許しませんよ」

「まあいいけど。で、その手に持ってるウサギ……？　の人形はなんなの？」

「イシマルくんのぬいぐるみ、私物です。旅の連れは多いほうがいいでしょう？」

男は苦笑して歩き出す。

女はそんな男の背に大声で言葉を投げ付け、二人は極寒の世界へと旅立っていく。

◆

高橋《たかはし》は薄暗い部屋の中で、大小様々な機器に囲まれ、何枚ものホログラム・ディスプレイを宙空に浮かばせながら、今回の事件の顚末《てんまつ》について調べていた。

ＩＨＭＩの動きは驚くほど静かであった。

現役の社長が行方不明になったというのに、何のアクションも起こさなかったのだ。

それはまるでマルキュスがいなくなるのを、誰かが虎視眈々《こしたんたん》と狙っていたかのように、彼がベルトールに敗れた同日の内にその解任が決定、新しい社長が即座に選ばれた。

何事もなかったかのように、混沌《こんとん》の街に喧騒《けんそう》と日常が戻ってきている。

人知れず新宿市の地下で行われていた出来事など、誰も知る由《よし》もない。

「ＩＨＭＩの新社長就任は多少ネットで話題になって株価にも影響はあったけど、それも短期的な話。あたしの大規模ハッキングだって、複数犯による犯行って事になって一日も経《た》たない内に話題が消化されちゃったし、情報を娯楽として消費するペースが早すぎ」

早すぎるのはそれだけではない、騒動が収まるのが何より早すぎた。

そしてそれに気が付いていたのは、広いエーテルネットの海で事件に関わっていた唯一の一般人、高橋一人だけだった。

「何者かが、あるいは何らかの組織が裏で糸を引いている……そもそも、何故霊脈《エーテライン》が少ないにも拘《かか》わらず都市戦争で占領した都市へと移らなかったの？　工場や本社の移転の費用が掛かるのはわかるけど、この土地から移れない理由があった……？　そして本人が不死でもあるマルキュスが不死狩りを率先する事の異常性、着想……やっぱおかしい」

栄養剤パックを口に咥《くわ》えて吸いながら、高橋は独り呟《つぶや》く。

「なんてね、陰謀論もほどほどにしとこ。ま、魔王様のお陰で少なくとも退屈する事はなさそうだからなんでもいいけど」

にやり、と。

新しい悪戯《いたずら》を考え付いた童子のようにハッカーは笑う。

◆

――異なる場所、異なる時間。

彼の王の目覚めを感じ取った者達がいた。

五百年停滞していた運命が、ようやく廻《まわ》りだす。

◆

ベルトールとマキナ、二人のその後の話をしよう。

全てを終えた二人にはやらねばならぬ事があった。

引っ越しである。

現実的な話だが、こればかりは致し方あるまい。

元の住居は吹き飛び、家財道具の一切合財が灰燼《かいじん》に帰したのだ。

二人が引っ越した場所はエジュウが借りていたタワーマンションの一室だ。

エジュウの亡骸《なきがら》は手厚く葬《ほうむ》り、空いた部屋を借りたのである。

死体があった部屋で寝泊まりするというのは普通の感覚の者であれば忌避する所であるが、生憎《あいにく》と彼らは不死の魔族である。死体や事故物件などなんのその。ただ家賃が安くなるだけだ。

エジュウの部屋を借りる時に四方に手を回してくれた高橋はこう言った。

「ずぇーったい、あんたらの家には行かない」

広く快適な部屋だが、不満といえば十三階にたどり着くまでに面倒な手順を踏まなければならない事であったが、高級タワーマンションを超格安で借りられる事を考えたらその程度の手間は安いものだった。

マルキュスとの決戦の後、ベルトールとマキナは来た道を徒歩で戻って帰還したのだが、その際にグラムと木ノ原《きのはら》の姿は見られなかった。

彼に礼を言いたかったベルトールであったが、自分の前から一言もなしに消えた事を、それもまた良しとした。きっといつかまた会えるだろうとベルトールは思った。

不死炉については、ベルトール、マキナ。高橋の三名の協議の結果、ベルトールの裁量で公表は控える事になった。

魔王であるならば、同胞の屍《しかばね》の上に立つことも是とする考えであった。

いつの日か、マルキュスの魂も燃え尽きて炉の活動も停止してしまうだろう。

この街も己が支配する世界の一部、所有物であるつもりだ。それをみすみす終わらせるつもりは毛頭なかった。これからも都市を存続させるのは魔王の務めだ。

今ベルトールは、広くなった部屋――自称玉座の間からベランダに出て、夜の街を睥睨《へいげい》している。

天は分厚い雲が覆って星空など見えないが、ビルの航空障害灯や、行き交う地走車《グラウンドビークル》のテールライトや、極彩色の霊素反応灯《エーテルネオン》といった煌々《こうこう》と照っている人々の生活の光は、星空が地上に落ちてきたかのようだ。

「この都市《まち》も存外悪くない」

呟きは夜の冷えた空気に溶けて消える。

こうして地上に星々が瞬《またた》くのも、この街の下で命が燃えているからだ。

その事に後悔はない。

ほんの少しの哀愁を外へと残し、ベルトールが室内に戻ると、部屋のドアをノックする音がした。

「入れ」

入ってきたのはマキナだ。

髪を結って、エプロンを付け、何やら楽しそうな笑みを浮かべて、自作の鼻歌を歌っている。

「ベルトール様ベルトール様」

「どうした？」

「本日の晩御飯はカレーでよろしいですか？」

「ああ、構わんぞ」

「いつぞやは鍋毎《ごと》吹き飛ばしてしまいました。が！　今日こそは！　マキナ特製絶品カレーを作り上げる次第にございます……そう……隠し味に愛情を加えて……」

「最後の方は声が小さくてよく聞き取れなかったが……まぁ何にせよ楽しみだ」

「はい、腕によりをかけますので！」

「それにしてもやけに機嫌がよいな」

「ええ、とても」

「何かあったのか？」

「いいえ、特に何も。ですが、その何もない事に私は今——幸せを感じているのです」

五百年という年月を経て再会した二人は今、同じ感情を抱いていた。

「これからのご予定はございますか？」

「そうだな……」

顎に指を当て、ベルトールは少し考える。これからの事を、だ。

「……とりあえず世界を支配するための計画を進めたいが——」

ベルトールは自分の机に視線を向ける。

そこにはＰＤＡに接続されたゲームパッドが置かれている。

「余は魔王ベルトール、まずは余を待つ民草にこの玉体を拝ませてやるとしよう」

あとがき

はじめまして、紫大悟《むらさきだいご》と申します。

本作「魔王《まおう》２０９９」は、第33回ファンタジア大賞で《大賞》を受賞させて頂いた応募原稿に、加筆修正を加えたものとなっております。

この作品、応募原稿からページ数がかなり増えてしまいました。応募原稿を本として出版するにあたり、改稿作業というものがあるのですが、その際にあれやこれやと修正したり書きたいことを足したりといった結果です。

個人的に、本を手に取った時に重みがあるとワクワクするので、よしとします。

ここからは謝辞となります。

今回は一巻なのもあって、謝辞多めになっております。お付き合い頂ければ幸いです。

イラストレーターのクレタ様。このごちゃまぜな世界を素敵で美麗なイラストで表現してくださり、感謝の念が尽きません。最初にイラストを担当編集者様から見せて頂いた時の得も言われぬ高揚感と、作品が創られていくという実感、忘れる事はありません。ありがとうございます。

ファンタジア大賞選考委員の皆様。この度は《大賞》という誉れある賞に選出して頂き、誠にありがとうございます。そのご慧眼《けいがん》が正しかった事を証明すべく、これからも作家としてたゆまぬ努力を重ねていきたいと思っております。

担当編集者様。いつもお世話になっております。まだまだ足元がおぼつかないひよっこですが、よろしくお願いします。毎度のご助力、ありがとうございます。

また、この作品の刊行に際し、携わって頂いた全ての皆様。皆様のお力添えあっての本作です。ありがとうございます。

そして最後に、この本を手にとってくださった貴方様《あなたさま》。

娯楽の数も、消費速度も日に日に増していくこの娯楽飽食の時代に、数多《あまた》ある娯楽作品の中からこの本と出会ってくださったのは奇跡という以外にありません。

貴方様の人生の中で、少しでも楽しいと思えるひとときを過ごして頂けたのならば、これ以上の喜びはありません。本当にありがとうございます。

それでは、またお会いできる日を心待ちにしております。

紫大悟

お便りはこちらまで

〒一〇二-八一七七
ファンタジア文庫編集部気付
紫大悟（様）宛
クレタ（様）宛

富士見ファンタジア文庫

魔王《まおう》2099

1.電子荒廃都市《サイバーパンクシティ》・新宿《しんじゅく》

令和3年1月20日　初版発行
令和6年9月15日　3版発行

著者――紫《むらさき》　大悟《だいご》

発行者――山下直久
発　行――株式会社KADOKAWA
〒102-8177
東京都千代田区富士見2-13-3
0570-002-301（ナビダイヤル）
印刷所――株式会社暁印刷
製本所――本間製本株式会社

※定価はカバーに表示してあります。
●お問い合わせ
https://www.kadokawa.co.jp/（「お問い合わせ」へお進みください）
※内容によっては、お答えできない場合があります。
※サポートは日本国内のみとさせていただきます。
※Japanese text only

ISBN978-4-04-073958-8 C0193 ◇◇◇

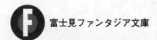

騙しあい。

各国がスパイによる戦争を繰り広げる世界。任務成功率100%、しかし性格に難ありの凄腕スパイ・クラウスは、死亡率九割を超える任務に、何故か未熟な7人の少女たちを招集するのだが――。

シリーズ
好評発売中！

ファンタジア文庫

世界最強の
“不可能任務”に挑む少女たちの
痛快スパイファンタジー！
スパイ教室
竹町
illustration
トマリ

切り拓け!キミだけの王道
ファンタジア大賞
原稿募集中!
賞金
《大賞》300万円
《金賞》50万円
《銀賞》30万円
選考委員
細音啓「キミと僕の最後の戦場、あるいは世界が始まる聖戦」
橘公司「デート・ア・ライブ」
羊太郎「ロクでなし魔術講師と禁忌教典《アカシックレコード》」
ファンタジア文庫編集長
前期締切 8月末日
後期締切 2月末日
公式サイトはこちら! https://www.fantasiataisho.com/
イラスト/つなこ 猫鍋蒼 三嶋くろね